根本真情系列 5

拾血蚶的少年

林怡種 /著

序——島的孩子，島的書

林文義

有一年的春末，飛越過波濤詭譎的台灣海峽，抵達金門島；那是一個木麻黃與高粱的故鄉。

金門島西面而望，一衣帶水的朦朧山影，無盡的綿延至遠方，那是中國，教科書四十年一再灌輸給我們，所謂「浯島」的島嶼當作四十年來爭執的藉口，而離開那些政治上的爭執，金門島上的人們平靜而純樸的生活，傳宗接代。早年面臨著對岸中共炮彈的威脅，如今已平靜許多。金門的海依然那麼潔淨、柔藍，很多孩子出生、長大，然後離鄉到台灣求學，有的留在台灣，成為道地的台灣人；有的唸完書，還是選擇回到金門去。或有聚散悲歡，金門仍是他們依仗的島鄉。

怡種像我所認識的金門人，初識的交談，有些靦腆，不多話卻言之有物，我一直問他有關金門的種種，他則表露對文學創作濃濃的熱愛。第一次，怡種給予我的印象，像一顆堅毅而挺直的木麻黃，那種終年忍受著鹹風、寒慄的植物。

我舉頭，目光剛好是金門島夜晚無垠浩瀚的星空，木麻黃在微寒的晚風中輕微乍響；我只知道怡種在這個稱之「戰地」的島上，在一家報社工作，亦是個不錯的攝影者，也勤快的寫了不少的散文。

幾年以後，他的散文集終於要出版了，書名叫做《拾血蚶的少年》。我看到「血蚶」這兩個字，就想起那種剖開時鮮紅若血的貝殼。據說，金門以此種海鮮名聞四方，看到這本書的名字，不禁令我發出會心的微笑，濃烈的島嶼氣息撲鼻而來。

這樣的島嶼氣質，自然寫出來的散文充盈著島嶼的風情。我翻看怡種的散文，感覺到內心湧漫而來的溫暖，這個寫作人是誠摯謙遜的，在金門島，安靜而自適的生活、工作、創作，守著故鄉的家居、草木，寫出了屬於他個人風格的作品集。

他冷靜而真摯的寫金門，尤其是描述島上的景色、季節的感覺、心境的體驗、親情與愛的訴說：尤其是書中那篇感人肺腑的〈呼喚〉，描寫怡種與愛妻第一個結晶，由於早產而傷逝，讀來令人不禁一灑同情之淚。他也寫到童年時，由於對岸中共的炮擊而受到傷害的記憶。充分顯露出作為金門人的怡種，用他的筆觸記載故鄉的過去與現在。

文學本來就是反應時代、土地、人民。怡種所寫的書，就呈現這樣令人「放心」的穩健姿態，在在證明，昔日那個《拾血蚶的少年》已然成熟、長大，開始用他流暢有緻的文筆為自己的鄉土說話。

我想到木麻黃與高粱，想到第一次在金門島見到怡種的那個夜晚，終於拿起筆來，懷著惦念的心，為他寫下這篇小小的序文。

一九八八年五月十九日自立晚報系

目次

回首憶童年

蛙聲又向耳邊鳴

春雨過後，池塘的水又滿了，一到夜晚，庭外的水塘裡，便傳來一陣陣咯咯咯的蛙鼓聲。

說起來，我沒有蓄意結廬鄉居的意思，可是，老天似乎對我特別的偏愛，讓我降生在一個寧靜濱海的小村，過著沒有車馬喧嘩的童年，更幸運的是，我家的大門面對著大海，早晨醒來推開柴扉，庭外便是一個明鏡般的水塘，塘裡鴨、鵝戲水，悠遊自在；塘邊的土堤外，便是湛藍的金廈灣，站在大門外，昂首可見白雲悠悠，臨遠可望碧波盪漾，尤其是晨曦初露，對岸故國河山層巒疊翠的山影下，帆影處處，最為挺拔的鴻漸山，半截高聳出雲霧外，遠遠地看去，彷彿是一幅靜謐的山水國畫，這個當兒，村子裡的人們，或荷鋤牽牛踏上田疇、或張網揚帆航向大海，每個人的臉上沒有猜疑，一個個的神情顯得那麼的怡然自得，去迎接充滿希望的一天。夕陽西下，火紅的大太陽疲憊地浮在海面上，晚霞滿天，沙鷗低翔，庭外的景象真是風情萬千。

小時候，村子裡還沒有電，當然也沒有電視機和電扇，更別說有冷氣機了，夏天晚上唯一的休閒活動，便是一家人圍在星空下乘涼，談天和說笑；那時，爺爺最疼我，吃過晚飯後，我常幫他拿胡琴和扇子，纏著他到庭外乘涼。

「飯後一根煙，快樂似神仙！」

我們總是坐在水塘邊，爺爺把茶擱在一旁，然後習慣地先燃一根紙煙，閉上眼睛慢慢地吸著，讓縷縷的白煙從他口中揚向天際，一副憂勞皆忘的樣子。

暮色籠罩下來了，星星開始閃耀，一顆、兩顆、三顆……，終於滿天繁星了，皎潔的銀河清楚地橫跨天邊。坐在庭院外，濤聲在土堤外嘩啦嘩啦地迴響著，節拍輕快、韻律幽揚，四野的各種蟲兒躲在暗處，也以不同的唧唧音符，譜出一組悅耳的交響樂章，不過，更能引人入勝的，要算是水塘裡數十隻不甘寂寞的青蛙，嘹亮的蛙鼓聲咯咯地一起爭鳴，聲揚數里。

爺爺抽完煙，便拉起胡琴，那把褐黑色的胡琴，雖然外表看起來十分破舊，僅一小部份手掌經常把握的地方，散發出少許的光澤，可是，那把胡琴，是爺爺不遠千里從南洋帶回來的，儘管破舊，卻愛不釋手，沒事的時候就拿出來拉一拉。特別是爺爺拉著胡琴，弦音在夜空裡飄盪著，忽快忽慢、忽高忽低，如泣如訴，快時像千軍萬馬奔騰，慢時有如細雨敲窗，聲聲扣人心弦。

有一次，爺爺拉著胡琴，忽然乾咳兩聲，便隨著弦音唱起來了：

「思想起，哎唷喂！搭船落番去，瞑日目屎滴，這種悲慘的日子，再苦也得忍下去，努力打拼賺大錢，才能搭船回家去。」

爺爺唱著唱著，月亮出來啦！一輪明月高掛天空，大地彷彿鍍上一層銀般的明亮。水塘裏靜影沉璧，映在塘裡的明月，宛若一塊潔玉沉在那兒，令人有伸手去撈的衝動。而土堤外的海面，則是一片浮光耀金，美麗極了。村子裡，燕尾雙翹的四合院，一幢幢默默地躺在月光下，三百年前，先民遠從對岸的泉州一帶渡海而來，開山闢路，用舢舨運來紅磚和長石條，在這裡建家園，任風吹雨打，聳立幾百年。

每次看到月亮，總是感到無限的奇妙，我用手指著天空的月兒：

「爺爺！月亮為啥有時會圓，有時會彎？」

「這個嘛！月有陰晴圓缺，人有悲歡離合，此事古難全，但願人長久，千里共嬋娟。」

爺爺嘆了一口氣，晃了兩下頭，吟哦出〈水調歌頭〉的後幾句。忽然，從椅子上跳起來，趕緊把我指著月亮的小手拉回來：

「哎！小孩子不能用手指月亮，月亮婆婆會割耳朵的。」

昔時，小孩子早晨醒來，發現耳朵後面有一道裂痕，老一輩的都認為準是昨晚用手指過月亮、對月亮婆婆不敬，被月亮婆婆用刀割傷的，晚上拜一拜月亮，很快就會好的，如果不拜，裂痕會愈來愈深。因此，爺爺怕我會被月亮婆婆割傷耳朵，叫我雙手合十，面對月亮，默唸著：

「月亮嬤，你是兄，阮是弟，不要拿金刀，割阮ㄟ金狗耳。」

拜完月亮嬤之後，我又問爺爺：

「爺爺！我們這麼遠指她，她看得見嗎？」

「當然看得見，月亮是神。」

月亮是神，是一個崇高聖潔之神，阿姆斯壯還沒有踏上月球之前，數千年來，古老的中國，人們都認為月亮是一種神，可以圓、也可以缺，多麼神奇的神。

「爺爺！那祂為什麼不在白天出現，一定要在晚上才出現呢？」

「古老的傳說裡，月亮裡面住著一個仙女，既然是女神，大概是害羞吧！」

「那星星呢？為什麼也是晚上才出來，是不是也害羞？」

爺爺年輕的時候，也唸過一些書，他唸的是四書五經，所學習的是四維八德，那一套修身、齊家、治國、平天下的大道理，並沒有研習自然界九大行星的奧妙，也許，爺爺真的不知道星和月亮為什麼一定要晚上才出現，看我有打破沙鍋問到底的樣子，趕緊轉換話題：

「好啦，我們不要再看星星、月亮了，我教你唱歌。」

「好，唱什麼歌？」

「爺爺唱一句，你跟著唱一句。」

爺爺把我摟在懷裡，他想了一想，然後唱著：

「天上星星亮晶晶，一二三四五六七八數不清。」

我跟著唱著，只是我發覺這首歌，我早就會唱了，於是，撒起嬌來：

「不要，不要！爺爺，這個我會唱，您教別的。」

爺爺搔了搔頭，又把我摟進懷裏：

「推呀推（推石磨碾麥），推麥來飼雞，飼雞要叫更，飼狗要吠暝，飼孝生（男孩）要有孝爹，飼祖囝（女孩）嫁去別人的。」

「牽新娘，過雨檻，一碗吃，一碗奉（送），奉不夠，弄破灶。」

「一個跋繳漢（賭徒），要吃毋討賺，跋輸繳，拿棉被就去按（典當），按一千、按八百，半暝尪某起相扑（打架）。」

「白鷺鷥，擔糞箕，擔到海墘，絆一倒、撿一錢。買餅分大姨，大姨嫌沒瓦（太少），掠貓來詛咒……。」

唱到這裡，爺爺拿起茶杯，呷了一口潤了潤喉嚨；然後，拿起水草編成的扇子猛搖著，原來，爺爺唱得太起勁，竟汗流浹背了。

「爺爺我幫你搧。」

月光下，爺爺解開上衣的鈕扣，拉起背後的衣服，我在背後幫他搧著。水草編成的大扇子，實在有點笨重，搖了一會兒，我的手覺得很酸，偷偷地用手去摸爺爺的背，看汗水乾了沒有，當我的手指觸摸到他的背腰時，頓覺很奇怪，爺爺的背為什麼跟人家不一樣，於是我問他：

「爺爺！您背上怎麼那麼粗？」

「那是疤痕，被日本人鞭打的傷痕。」

是疤痕，一條條像雨後的泥地被卡車輾過的痕跡。

「日本人怎麼那麼壞？」

「幾百年來，金門島上的子民，雖過著落後的農耕生活，除了偶而有海盜來找『番客』打家劫舍之外，大家過著自由自在的太平生活，誰知那一年來了日本兵，穿著大皮鞋，腰間仗著武士刀，手裡拿著槍，這些手無寸鐵的農民，誰敢反抗，非死即傷。白天，鞭策我們去構建機場和碼頭；晚上，強迫我們到海邊站崗，就在一個夜黑風高的晚上，輪到爺爺站崗，游擊隊摸上來了，砍了一個日本兵的頭，並刺傷了兩個，第二天，日本憲兵把爺爺吊起來鞭打，皮都被鞭裂了，日本憲兵還不肯罷休不停地繼續鞭打，直到暈倒不醒人事，日本鬼子以為爺爺死了，家人抬回家準備安葬，豈料爺爺命大，還有一息游絲，於是，星夜雇船逃到廈門，再轉往南洋，一直到日本無條件投降才回來。」

爺爺的故事在月光下訴說著，水塘裡的蛙仍在爭鳴，土堤外，濤聲依舊嘩啦嘩啦地迴盪。

這些年來，為了求學和開拓自己的前程，不得不離開生長的濱海小村，投入塵囂的市街。平時，我很少回家，偶而回去，也很少在家過夜。今天休假回來，太陽下山沒多久，暮色籠罩大地，庭外的水塘裡便傳來一陣陣咯咯咯的蛙鼓聲，信步走出大門，一輪明月正高掛天空，大地彷彿鍍了一層銀般的明亮，佇立在水塘邊，面對庭外這一片月色，兒時的情景又一一回到眼前，爺爺教我的歌，至今仍朗朗上口，只是，他老人家已經離開我們十多年了。

——原載一九八三年九月二日／民眾副刊

搖鈴的記憶

星期天休假回家，弟弟向我借以前讀過的舊英文課本參考，跟隨我到儲藏室裡去找；連著幾個月雨霧，書本霉味怪重的，難得久雨放晴，我決定把大箱小箱的書統統搬到太陽下，除了幫弟弟找出第三冊英文課本，順便把書晒一晒。

太大箱的書弟弟搬不動，他挑了一個最小的木箱扛到晒穀場，打開箱蓋，把書倒在水泥地上，從箱子裡取出一把搖鈴，竟背起木箱，調皮地搖著搖鈴，發出一陣叮叮噹噹的鈴聲，並不時地喊著：

「來呀！清冰、土仁冰、鳳梨冰！」

我別過頭去，目睹理著小平頭、穿著學生制服的弟弟背著冰箱，搖著搖鈴，不禁愣住了，那一串鈴聲，彷彿是一把時光利劍從眼前劈下，剎那間，時光倒流了十五年，因為，弟弟本來就同我長得很相像，他那副搖鈴賣冰的模樣，如果再多戴上一頂舊斗笠，不就是十五年前的我嗎？

小學畢業那年，許多同班同學紛紛練習騎腳踏車，準備到更遠的鎮上去唸初中，而我卻開始擔憂，因為，唸初中光是一學期的註冊費，就得好幾百元，而且，還要買新制服和皮鞋，家裡哪來那麼多錢呢？而我們一家大小，全靠爸爸種菜過生活，有時辛辛苦苦種出來的菜，挑到老遠的鎮上去賣，運氣好一點的時候，一擔菜可以賣幾十元，萬一碰上賣菜的人多時，每每「菜賤傷農」，常常整擔菜又挑回家餵豬，所以，就算能向親戚朋友借點錢去註冊，可是，要等到何年何月才能還給人家呢？

人家隔壁的同學「黑狗」，已經決定不唸初中了，到鎮上一家腳踏車店當學徒，雖然，經常搞得滿身、滿臉烏七抹黑，但卻能跟老闆一起吃白米飯，不像我們家裡天天吃蕃薯籤，才去了沒幾天，就學會騎腳踏車了，前些天騎著腳踏車回來，碰上直一點的路段，偶而還能表演一下放單手騎車的功夫，一副不可一世的樣子，令人羨慕極了，我偷偷地央求他，如果車店還需要學徒，請幫忙向老闆推介，「黑狗」看在老同學的情份上，也答應幫這個忙。

我開始等待著，可是，連著幾天「黑狗」都沒有回村子，我心裡慌了，這樣空等待豈是好辦法？有一天中午，我坐在家門前的苦苓樹下，看廟口廣場一些同學在那裡練習騎腳踏車，正看得發呆的時候，忽然一陣急促的煞車聲把我驚醒，原來是一個中年漢子，用腳踏車載來一個大木箱，兩側還分別掛著鐵絲編成的方型籃子，裝著空酒瓶和一些破銅爛鐵，手裡不時地搖著搖鈴：

「來啊！涼的土仁冰、鳳梨冰！」

他取下掛在腳踏車把手邊的毛巾，擦拭額頭涔涔的汗水，一面繼續搖著手中的搖鈴，很快地，村中的孩子們，紛紛拿著空酒瓶和破銅爛鐵來換冰棒，也有拉牛扛犁從田裏歸來的農人，停下腳步買冰止渴；同時，也有出操歸營的戰士向他買冰棒，看他一個人手忙腳亂，不一會兒的工夫，就賣出十幾二十支冰棒，怪不得臨走前，一張黝黑的臉，露出一排得意的牙齒。

「第一是賣冰，第二是打鐵丁。」

這是一句形容小本生意、賺大錢的俗語話。過去工商業不發達，賣冰的和打鐵是最賺錢的行業，因為，賣冰的行業，是將「取之不盡、用之不竭」的水冷卻成冰品；而打鐵的行業，是將鐵加熱捶打成器具。兩者都是一本萬利，穩賺不賠的生意。

一般而言，賣冰棒零售，是賣一塊錢賺五毛，因此，既然異鄉客能來到村子裡賣冰棒，我為啥不能賣呢？何況，不久之前，我到城裏去參加縣運會，還曾看到許多同齡的小孩，背著冰箱在運動場周邊賣冰棒。於是，我將實情稟告父親，希望能幫我釘一個小木箱，讓我去賣冰棒，說不定能賺一點錢當學費，好去城裡唸初中。

父親一生務農，不懂得買賣竅門，當他聽到我想賣冰棒做生意，立即嚴加反對：

「不行，天氣那麼熱，到哪裡去賣冰棒？」

「就在我們村子裡。」

「人家賣冰棒，都是靠兌換破銅爛鐵，您憑什麼去跟人家賣冰棒？」

「口渴想吃冰的人，身邊又不一定帶有破銅爛鐵，何不試試看呢！」

父親拗不過我的要求，終於答應替我訂製一個小木箱，和買一把搖鈴。由於祖父年輕時，曾遠渡重洋到南洋去討生活，在一家木器加工廠裡做事，返鄉後買了一些鋸子、斧頭之類的工具，農閒時做些自用傢俱；祖父歸隱道山之後，留下一大箱的木匠工具，父親自小耳濡目染，也多少擁有一點木工常識，利用兩天中午休息時間的工夫，總算把木箱釘好了，漆上一層淡綠色的油漆，小巧玲瓏，令我高興不已。晚上，我在煤油燈下，在木箱的正面用紅漆寫了一個大大的「冰」字，兩側則寫著土仁冰、鳳梨冰、綠豆冰等小字。

隔天早晨，父親賣菜回來，從鎮上幫我買回一把搖鈴，冰箱的油漆也乾了，母親給我十塊錢當本金，於是，背起冰箱迎著晨曦出門，快步走了三公里的路到了鎮上的冰廠，門口已排列著一行大大小小的冰箱等著買冰棒，大概是冰棒還沒製好，或是老板不在家，一些賣冰的小販吱吱喳喳地蹲在那兒交談著，看到我小小的個兒，竟也背著木箱前來，都投以異樣的眼光。

冰廠的老板終於開門出來了，冰販們一個個魚貫地進入冰廠，裝滿冰棒後匆匆離去，終於輪到我了，老闆一眼就認出我是新來的，隆隆的機器聲中，他挨近我的耳朵說：

「你也要賣冰？」

「嗯！冰棒怎麼賣？」

「一塊錢三支。」

不錯，一塊錢批發三支冰棒，零售每支賣五毛錢，也就是賣一塊賺五毛，我趕緊將母親給我的十塊錢，統統遞給老闆，買了三十支冰棒，背起冰箱便往村子裡跑。一路上，我不斷地思索著，如果今天這三十支冰棒能賣完，我就可以賺五塊錢，五塊錢，有時爸爸半擔菜還賣不到五塊錢哩！一想到這，我不自覺地加快腳步朝村子裡走去。

才十點鐘左右，斗大的太陽像一團大火球，高高地懸掛在頭頂上，熱得讓人喘不過氣來；同樣地，毒辣的艷陽無羈地撒在田野裡，垂頭喪氣的蕃薯葉浪下，一股氤氳之氣冉冉上升。真的，天氣實在太熱了，連狗也吐著長舌，有氣無力的樣子，只有蟬兒躲在樹叢裡，快樂地爭著吱吱長鳴。這個當兒，人們紛紛從田裡收工，實在是一個吃冰解渴的時候，也是賣冰賺錢的大好機會，想到這裡，不自覺地加快腳步，快到村子裡時，我開始用力地搖動起手中的搖鈴，大聲地叫賣著：

「來呀！土仁冰、鳳梨冰！」

不一會兒，從田裡回來的老伯，正在樹蔭下用斗笠搧風納涼，看到我背著冰箱從面前經過，久旱逢甘霖似地叫著：

「囝仔，冰棒拿一支來賣！」

我大步地跑過去，突然，腦海閃過早晨出門前母親的叮嚀：「做買賣，除了要貨真價實和講信用之外。也要注意服務態度。」因此，我面帶笑容，很親切地問：

「老伯伯，你要什麼冰，土仁冰？還是綠豆冰？」

「稱采（隨便）！」

我馬上從冰箱裡拿出一支冰棒，恭恭敬敬地雙手奉上，然後，從老伯手中接過一枚古銅色的五角硬幣，連聲稱謝之後，再小心翼翼地將銅幣藏進口袋裡，心裡想著：「凡事起頭難，只要我有信心，好好地賣一個暑假，屆時應該可以到鎮上註冊唸初中。」

「來呀！土仁冰、鳳梨冰！」

進到村子裡，我一趟趟來回賣力地叫賣著，在樹下納涼的人們向我買、構工的人們向我買，午後沒多久，一箱冰棒統統賣完了，仔細結帳之後，我足足賺了五塊錢，整個晚上高興得睡不著。

自此，每天大清早，我便跑三公里的路到鎮上，向冰廠買冰棒回村子裡叫賣；每天，我盼望是個晴朗又燠熱的好天氣，以便天天可賣冰做生意；可是，在農村沒有電，當然沒有電視新聞氣象報導，有時侯，清晨明明是萬里無雲的晴朗好天氣，和往常一樣，我滿懷著希望往鎮上跑，買了冰棒趕回村子裡，卻突然風起雲湧、雷電交加，颱風來襲，真是「天有不測風雲」！而冰棒是水冷卻而成，最怕的就是遇熱融化，若是天氣轉涼、或下起雨來，人們吃冰的興趣沒了，冰棒賣不出去，自己吃又吃不完，只好眼睜睜地看著它融化，血本無歸。

事實上，天氣愈熱，吃冰的人愈多，每當太陽高掛，大家都在樹蔭下休息，賣冰的生意好，我愈賣愈起勁，一點兒也不覺得熱，繞著村子的屋前、屋後，一遍又一遍地搖鈴叫賣。有一次，我實在走累了，坐在一戶人家屋後的古榕樹下歇腳，一面擦汗，一面搖鈴賣冰，突然，一個婦人持著一根棍子，冷不防從屋子裡跑出來，指著我大罵：

「猴死囝仔，我兒子在睡覺，你在那裡不停地搖鈴。」

我趕緊背起冰箱，拔腿就跑了；以後，我再也不敢從他家屋前屋後經過了。

賣冰棒和許多生意一樣擁有長期顧客，有一戶人家，每次我從他家門前經過，他的寶貝兒子一定哭著要吃冰，做父母的又是有求必應、寵愛有加，總是掏錢買冰棒給孩子解饞。有一天，我滿懷著希望，再度搖鈴經過他家門前，本以為又可以做一筆生意，豈料耐不住孩子的哭鬧，他父親竟咆哮起來，指著我大罵：

「下次不能再到這裡來賣！」

我趕緊握住正在搖動叮叮噹噹的搖鈴，低著頭遠遠地跑開，下次，我同樣再也不敢從他家門前經過了。

搖鈴賣冰棒，遇上人家的指罵，那倒還算是小事一樁，假若碰上惡犬，情況又不一樣了。有一次，我搖著鈴走進一條巷子裡，突然，有一條狗對我狂吠，隨後「一犬吠聲，百犬吠影」，四面八方的狗蜂湧而至，一隻隻張牙咧齒猙獰地向我撲來，想逃已經來不及了，眼看著巷子的兩頭，都是狂吠的大狗小狗，怎麼辦呢？說時遲，那時快，我立即放下背在肩上的冰箱，用手中握著的搖鈴，打擊準備咬我的狗，還好，狗主人適時出來幫我解圍，把狗趕走，雖然，很幸運沒有被狗咬傷，但冰棒卻散落滿地，我心有餘悸地背起冰箱，一路哭著回家。

大概是暑假後期了，有一天賣冰棒路過廟口的廣場，三五成群的小孩在那兒玩耍，有些在玩彈珠、有些在玩橡皮圈、也有人在練習騎腳踏車，我搖著鈴慢慢地走著，遠遠地，有人騎著腳踏車朝我急駛而來，我暗忖著，大概是來買冰的，趕緊放下背在肩上的冰箱，頓時，車子終於在我面前停下，原來是小學畢業班的同班同學阿龍，他說：

「班長，我可以放單手騎車了，等一下，我表演給你看。」

「都畢業了，你怎麼還叫我班長？」

「一時改不過來嘛！」

真的，阿龍不愧藝高膽大，才學騎沒多久，便會放單手騎車；他在廣場繞了兩圈，又停在我前面：

「你想不想學？」

「當然想，只是我沒有車子。」

「我的車借你。」

「我不會騎，把你的車摔壞了賠不起。」

「沒關係，我幫你在後面扶著，試試看。」

終於，我爬上腳踏車座，阿龍在後面幫我扶著，一圈、兩圈、五圈、十圈，突然我摔倒在地，阿龍卻在後面偷笑著，原來，他看我進入狀況，便偷偷地放手，沒有在後面幫我扶著，一個不小心，才會摔倒在地。

哈哈！想到快學會騎腳踏車了，心裡雀躍不已。

日漸偏西，阿龍要回家了，我才發現，糟了，我的冰箱——我的冰棒還沒賣完哩！待打開冰箱一看，僅剩一些淩亂的竹籤和一些冰紙，融化的冰水從冰箱的隙縫滲出，把地上都濡濕了。

很多事是相對的，有苦，就有樂，賣冰棒雖然有時賠錢，但認真算，還是賺錢的時候居多，有時侯，甚至一天賣兩、三箱，賺十幾塊，因此，一個暑假下來，連同到海邊撿拾血蚶賣的錢，我的註冊學費已有了著落，也夠買一輛中古的腳踏車，開學的時候，能和其他同學一樣，騎著腳踏車到鎮上去唸初中了。

一眨眼的工夫，十五個寒暑過去了；十五年來，金門島上數百年落後的生活，就在這十五年之間改善了，家家擁有電冰箱，再也沒有人要買冰棒了，很多年來，夏天已不再聽到叮叮噹噹賣冰棒的搖鈴聲了。而今，年幼的弟弟背著冰箱，調皮地在那兒搖鈴，他哪裡知道小小的冰箱裡，還蘊藏著一段辛酸的往事哩！

——原載一九八三年十月一日／文藝月刊

凌晨的淘米聲

歲末天寒，雖然晝短夜長，睡眠時間較長，但是清晨乍醒，被窩裡的溫暖，仍叫人迷戀而不忍離去。

往昔，獨自在外賃屋居住，每當時序進入嚴冬，晚上入睡前，我總要撥好鬧鐘的發條，要它明早上班前叫我起床。可是，有時在睡夢中，窗外投進皎潔的月色，還常誤以為鬧鐘失靈而驚醒。但自從來到下莊，不管再怎樣晚入睡，也用不著鬧鐘了，每晚安安心心地入夢，因為，每天清晨，隔壁的林媽媽都很準時起床，為上學的孩子做早飯，沙沙地淘米聲，彷彿是一串鈴鐺，輕輕地在耳畔呼喚：「天亮了！該起床了。」

雖然，林媽媽曾不止一次地表示歉疚，每天大清早就把我吵醒，殊不知我心裡是多麼地感激，若非她每天定時起來做早飯，或許一向晚睡的我，有時要睡過頭，來不及上班而不自知。

然而，每次從沙沙地淘米聲中醒來，便令我想起隔著太武山，只有一箭之遙的鄉下老家裡，此時此刻年邁的母親，不也正在為上學的弟妹們做早飯嗎？從我踏入學校的那一天開始，不分風雨寒暑，母親每天清晨總是很早就起床做早飯，然後，再喚醒我們弟兄起床，看我們穿暖、吃飽之後，才讓我們出門去學校，二十多年了，該有多少個冰冷的早晨？

認真說，我們家有七個兄弟姊妹，我排行第二，前面的姊姊比我大三歲，在她屆滿就學年齡的那年，遭逢「八二三炮戰」，金門島上一百五十二平方公里的土地，在短短四十四天炮戰中落彈四十七萬餘發，居民傷亡慘重、流離失所，先祖從福建泉州渡海而來，蓽路藍縷，萬苦千辛用磚瓦砌成的房子，不堪七顆匪炮的摧殘，一夕之間夷為一片斷垣殘壁，不幸中之大幸，我們一家人及時躲進土洞裡，倖免於難。本來，政府補助難民疏散遷台，我們家赴台的手續都辦妥了，無奈髮危齒禿的祖父母，無論如何也要廝守生長幾十年的土地，寧願住在斷垣殘壁的家園裡不肯離去，我的阿公揮著拐杖：

「你們快逃吧！反正我們再活也沒有多少歲月，這把老骨頭豈能流落他鄉？」

祖父母堅持不肯走，我們也只好留下來，兵燹之災，百姓流離失所，島上的小學都停課，中學則遷往台灣，流亡學生分發至各省中寄讀，直到民國五十年，戰事稍息，我也屆滿就學年齡，姐以超齡三歲，說什麼也不肯跟我一起上小學，因此，順理成章的，我成了家中第一個上學讀書識字的天之驕子。

記得第一天要上學，母親很早就喊我起床，拿一套新衣服給我穿，所謂的新衣服，是用美援救濟的衣服修改而成的褲子，用麵粉袋裁縫而成的白上衣，光著腳丫跟同伴一齊到學校去。臨行前，母親在我上衣口袋裡塞進兩個蔥頭，並交給我一個紅蛋：

「蔥頭放在口袋裡，頭腦才會聰穎，不要丟棄，到學校後，紅蛋在書桌上直直的滾一下，以後寫字筆劃才會寫得直，然後，才把紅蛋敲起來吃。」

記得上學的第一天，到了學校走進教室，我迫不及待地將紅蛋在書桌上一滾，深怕被同學看到，大概是太緊張，用力過度，紅蛋竟斜斜地滾落地面，引得同學們哈哈大笑。所以，直到今天，有時看到自己的字，仍寫得歪歪斜斜的，腦際便想起母親交給我紅蛋，要我在書桌上直直滾一下的那一刻。

自此，母親每天天未亮，雞啼三遍之後，便摸黑起來為我做早飯。

以前的金門島，地貧人瘠，到處是一片滾滾黃沙，成年男丁大都遠赴南洋謀生，留在家鄉的，僅是一些老弱婦孺，靠種植地瓜和花生過生活，人們所追求的，不是高樓，也不是汽車，而是人類最原始的需求——吃飽。由於金門是海中孤懸小島，到處是花崗岩崎嶇陵地，缺少湖泊蓄水，下雨的時候，雨水拼命往海裡跑，只要半個月不下雨，田裡的地瓜就要乾枯，收成不好，大家只好餓肚子，怪不得沿襲到今天，熟人見面相互打招呼，所關心的不是「你好嗎？」而是「你吃沒？」

而我們家裡，和島上大多數的居民一樣，過著原始的農耕生活，父親每天扛犁拉牛上山去耕田，泥土一遍又一遍地耕，完成鬆土之後，壓上地瓜苗，準備施肥，找塊空地挖個坑，坑底堆放些牛糞和雜草，再到海邊挑些鹹泥漿灌下去，讓雜草腐爛好作肥料；然耕稼人家，每天從早忙到晚，收成好的時候，大家可以吃飽，一年還有兩頭豬可賣。

在我之後，母親又生了四個弟弟和一個妹妹，一個個像巢中張著黃嘴嗷嗷待哺的鳥兒，只會吃喝拉撒、不會幫忙做事，而且，一個接一個走進學校，家庭生活的擔子日益加重。現在，人們講究營養，重視早餐，要吃雞蛋、牛奶和麵包，才不會影響發育。

然而，坦白說，那個時候不是沒有牛奶，有一陣子，一大袋一大袋的美援救濟奶粉，不知道是吃不習慣，或是已超過食用期限，很多人吃了牛奶都拉肚子，大家便紛紛不敢喝牛奶，還是認為吃地瓜比較保險。而每年秋天是金門地瓜盛產期，一有晴朗的好天氣，家家戶戶採收地瓜晒乾儲藏，因而放眼滿山遍野的草地上，都撒滿一塊塊白皓皓的地瓜片，曬乾之後的地瓜片，用石輪碾碎，冬天煮一鍋地瓜粥，熱騰騰的，吃起來渾身暖和，只是，地瓜乾儲藏不易，稍一不慎沒有密封好，很快就會生小龜蟲，往往一鍋地瓜粥，上面總漂浮著許多大大小小的龜蟲，有時，我們兄弟看到那些龜蟲不敢吃，母親總是趕緊拿起湯匙，刮起鍋中漂浮的龜蟲放置碗中大口喝下，並安慰我們：

「吃蟲才會做人，五穀蟲是乾淨的，沒關係。」

在學校裏，我並不曉得用功讀書，口袋裡經常裝有彈弓、陀螺，上學途中，一路捉小鳥或捕蟬，因此，每次成績單發下來，都有好幾個不及格的「紅」字，老師總在評語欄裏寫著：

「天資聰穎，但欠用功。」

其實，一直生活在貧窮落後的農村，每天所見的，就是牛拉著犁耕田，或人挑著擔子走在蜿蜒的田間小路，唸書有啥用？父親不認識字，田還不是照樣耕得那麼直、那麼平？

每次拿著成績單回家讓家長蓋章，總免不了要挨父親一頓責罵，而母親卻每一次告訴我：

「我們家裡沒有田產，你們兄弟又多，不唸書，將來會沒有飯吃。」

可是，我哪裡聽得進去，玩彈珠、玩橡皮圈，我都是一等一的神射手，時常贏得口袋裏滿滿的；捉小鳥，連隱在樹葉裡只由幾根草枝構成的斑鳩巢，也難逃我一雙小眼，總之，在玩伴中，只要是玩的，我樣樣都比別人行，唯一讓我最不服氣的是，每次跟玩伴吵架，有時被別人打得鼻青眼腫，頭破血流哭著回家，父親要向對方父母討回公道，母親卻每一次阻止：

「是不是，罵自己。」

終於，在小五那年，我補考不及格留級了。父親脾氣不好，氣得鞭子重重地抽在我的身上：

「既然不能唸書，回家給我牽牛！」

母親卻流著淚，抱著我不讓父親鞭打：

「不唸書，將來要變『青暝牛』，一世人要吃苦。」

我不曉得「青暝牛」是什麼，不唸書又怎麼變「青暝牛」，覺得很奇怪，擦乾眼淚問母親：

「『青暝牛』是什麼？」

「『青暝牛』就是牛拉石輪碾地瓜乾時，用一對眼罩把牛的眼睛蓋住，讓牠拉著石輪不停打轉，才不會覺得頭暈，所以，如果不好好唸書，將來不認識字，就會像被罩住眼睛的牛一樣，永遠被人牽著鼻子走，一輩子幫人做苦工。」

暑假過後，母親又拿著十二元註冊費給我，要我繼續唸書：

「你爸爸不識字，才要種田，一輩子吃苦，今天辛苦賺錢讓你們讀書識字，就是希望你們弟兄能『歹竹生好筍』，長大後能出外『吃頭路』賺錢，不必再耕田犁地、挑又髒又臭的水肥。」

總算我又重回到學校，或許是溫故知新，功課不再趕不上，成績非但沒有不及格的「紅」字，反而時常名列前茅。小學畢業那年，巧逢延長九年國民義務教育，我幸運地免試升上國中，隨著年齡的增長，漸漸地比較懂事，不再貪玩，高中畢業那年，父親鼓勵我赴台參加大專聯考：

「如果你考得上，就是一天吃兩餐，我也要讓你到台灣唸大學。」

母親看我即將遠行，要我幫她提籃子到廟裡去拜拜，看她跪在神靈前面不知默唸了些什麼，然後，在燃著縷縷白煙的炷香上彈落一些香灰，回家後用紅布縫成一個香火袋，要我放在口袋裡「隨身平安」，並將家裡所有的錢兩千多塊通通拿給我：

「這些錢你帶去用。」

「留一半在家裡。」

「『窮厝無窮路』，出門在外不比在家裡，錢統統帶在身上，要小心保管好。」

我強忍住奪眶而出的淚水，從母親手中接過那一疊花花綠綠的鈔票，深知那是向外婆借貸的，也有一部份是父母用血汗換來；我把那些錢分成兩部份，分別藏在褲袋和內衣裡，隨著同學從料羅港登上海軍「開口笑」登陸艦，一起到高雄參加大學聯招和軍校聯招。可是，一個月多後，我像一隻鬥敗的公雞，垂頭喪氣地回到家裡，父母親不但沒有責罵我，反而安慰我：

「回家好好溫習，明年再去重考。」

「一枝草一點露，天不餓死刻苦人。」

不久，我考取醫院裡一份助理員的差事，賺取微薄的待遇貼補家用，而母親仍每天大清早起床，為上學的弟妹們做早飯，一群小蘿蔔頭，一個個地成長，相形之下，終年辛勞的母親，卻顯得是那麼瘦小，銀白的華髮不斷地增加，我們小的時候，她擔心我們吃不飽會餓死，看我們一個個長大，卻又開始擔憂，這麼多孩子，既沒有田讓他們耕種，也沒有資金供他們做生意，將來吃什麼？尤其，一個兒子娶媳婦，至少得花十幾二十萬，將來五個兒子娶媳婦，就得一百萬元，家裡哪來這麼多錢讓他們成家立業？看著孩子慢慢長大，母親愈覺責任加重，更加忘寢廢食，處在那個窮苦的年代，營養本來就不良，加上操勞過度，有一天，母親竟突然暈倒在地，送到醫院急救，原來是嚴重的貧血，血紅素還不及正常人的一半，必需馬上輸血。

因為，我就在醫院上班，與檢驗室同仁商量的結果，輸一千西西的鮮血，就要花費我三個月的薪水，何況，更重要的問題不在於錢，因為，如果金錢能換得母親永遠健康快樂，不要說三個月的薪水，就是十個三個月，為人子女的，那怕是去借貸，亦應在所不惜。畢竟，最大的問題是輸別人的血，反應不一定百分之百的良好，說不定還會傳染其它疾病，既然有直屬血親可輸血，母子本來就是一體的，又經檢驗合格，那是再理想不過的了。

於是，我決定與剛高中畢業考取空軍官校，正候船赴台報到的二弟，每人各抽五百西西的血給母親。但必須嚴守秘密，不能讓母親知道。因此，我在醫院宿舍裡先沖好兩杯牛奶，準備兄弟倆抽完血後補充體力。

當我再回到母親的病房裡，二弟仍隨侍在側，我偷偷給他一個眼色，便跟我走出病房。所謂知子莫若母，母親似乎洞悉我們要去抽血，一骨碌從病床上躍起，衝出病房外，在長廊上拉著我們兄弟不放：

「你們不能去抽血！你們不能去抽血！小時候讓你們吃不飽，體質差，我寧願死，也不能抽你們的血。」

「媽媽，血液有新陳代謝的作用，我們正年輕，抽一點血，沒有什麼關係的。」

母子畢竟同心，既然抽血的事機被她揭穿，倒不如坦白把事實真相說清楚。

「不行！不行！你們去抽血，我便不回家了。」

說著，便跪倒在地上發誓，淚流滿面。

我趕緊把母親扶起來，發覺二弟也在一旁哭泣著，四周圍著許多人。而母親仍拉著我的手不放，喃喃自語：

「回去，我們回家去，從小讓你們吃不飽，我寧願死，也不能抽你們的血。」

經過一再的解釋，母親仍不肯讓我們去抽血，事情被護士小姐知道了，主動幫忙聯絡附近的駐軍，數位阿兵哥爭相捲起袖子，其中兩位血型反應符合，各輸五百西西的鮮血給母親，加上大夫和護士小姐的悉心照顧，母親的身體逐漸地康復。

隨著政府的積極建設，教育普及，金門到處一片欣欣向榮，過去母親擔心將來我們兄弟沒有田地耕種，擔憂會沒有飯吃，結果都是多餘的，我們家不但沒有因兄弟逐年成長、食指浩繁陷入困境；相反的，兄弟們一個個完成學業，投入社會工作，當公務員的奉公守法、從軍報國的盡忠職守、做生意的誠信交易，而且，一個個成家立業，家庭的環境大大地獲得改善。然而，兄弟們為了追求個人的理想，開拓自己遠大的前程，實在不克隨侍雙親身旁，晨昏定省，把老人家留在過去的煙塵裡。

記得民國六十八年秋，我想發揮所長，在下莊租屋兼差做照相生意，那時母親正臥病在床，當我告訴她這件事，她頻頻地叮嚀我：

「錢銀有地賺，名聲無地買，做生意和做人做事一樣，要本乎公道和良心。」

雖然，下莊和洋山老家只隔著那麼一座太武山，乘車也只要十來分鐘，可是，由於公私兩頭忙，實在是分身乏術，我未能天天回家，偶而回去，母親總像在招待客人似的，煮我喜歡吃的菜，煎我最愛吃的海蚵煎，真是「痴心父母古來多」，每次面對「有媽媽味道」的菜餚，僅寥寥幾個人吃，頓覺兒時紛擾爭食的情景，彷彿是甜夢乍醒，想要去追尋，卻已消失得無影無蹤；特別是凝望老人家蒼然的容顏，如霜的雙鬢，內心如針砭地痛楚，我真的不敢相信，小時候怕我們餓死，長大後卻一個接一個地遠離，難道兒女的成長，一定要老人家付出這麼大的代價嗎？

幾個已離家的兄弟，都爭著要請母親去住在身邊，其中，以我距家最近，只有一箭之遙，不像弟弟們遠在千山萬水之外。我曾多次請她搬到下莊住，年紀大了，勸她不要再操勞農事，她卻告訴我，住在鄉下，每天到田裡走走，看作物茁壯、抽穗，內心不斷擁有希望和喜悅，早晚養雞、餵豬，總有做不完的事，生活快樂無比，去住街道的樓閣裡，和關在監牢裡有什麼不一樣呢？

何況，母親什麼都不怕，就是怕坐車，有時從沙美坐計程車到下莊，一上車便又暈又吐，更別說坐船去台灣找弟弟了。或許，她這一生太平凡了，平凡得連斗大的字，也認不得幾個，就是金門島上的土地，也不曾踏過五分之一的村落，注定這輩子要固守那塊土地，像一支蠟燭，燃燒自己，散發出光和熱，指引著我們兄弟在人生旅途奮勵前進，然後慢慢地老去。

就像此刻，一覺醒來，風濤在屋後的相思林叢洶湧迴盪，冰冷的空氣不斷地從門縫裡滲進來，被窩裡的溫暖叫人有千百個不願離去，可是，隔壁已傳來沙沙地淘米聲，天就要亮了，這個時刻，我毫無疑問地相信，隔著太武山島那一邊的家裡，年邁的母親，也正為她趕早班車去上學的么兒做早飯哩！

——原載一九八三年三月十三日／海風副刊

拾血蚶的少年

早餐後，唸國小三年級的么弟，穿著一身乾淨的白上衣和藍短褲，戴著鵝黃的鴨舌帽，準備返校去繳交暑假作業和打掃校園環境，但不知為什麼，卻抱著書包哭泣。

我一向最討厭小孩子的哭鬧，尤其是那種無緣無故，又哭個沒停的聲音；以前在家，遇到弟妹們哭鬧，我一定報以嚴厲的聲色，有時甚至還會賞他們兩巴掌。而今，離家在外工作幾年，隨著年歲的增長，多閱歷了一些世事，所以，對於無知的弟妹們，已能給予更多的關懷與照顧。因此，我走近問么弟：

「哭什麼，誰欺侮你了？或是需要錢買東西？」

「不！我……我的成績單丟了。」

「成績單是什麼時候發的？」

「上星期返校日。」

「你放在什麼地方？怎麼會丟了呢？」

「我放在鉛筆盒裡，不知誰拿走？」

么弟說著，從書包裡拿出鉛筆盒來。

「放在鉛筆盒裡怎麼會丟呢！你再仔細想一想，有沒有放在別的地方？」

我再次詢問么弟，究竟成績單是放在什麼地方。

「沒有……。」

我從么弟手中接過鉛筆盒，打開一看，讓我大吃一驚；然而，讓我吃驚的，並非是掛失的成績單仍放在鉛筆盒裡，而是一大疊花花綠綠的鈔票，著實把我給嚇一跳。

拿起鈔票，我順手抓起么弟的手，帶著責備的眼光追問：

「說！你那兒來的這麼多錢？」

「這是我一年的儲蓄和賣血蚶的錢。」

「是儲蓄的？賣血蚶的？」

頓時，我感到很慚愧，因為，弟妹們一向勤儉誠實，絕對不容置疑，只是，身為兄長，突然看到年幼的么弟擁有那麼多錢，有必要問個水落石出。

我將鈔票大略點了一下，足足有兩千多元。

是時，唸國小五年級的四弟也跑了進來：

「平時，我們將錢存在學生郵戶裡，現在學校放暑假，我們將錢提回來，而且，最近每天天氣晴朗，我們都去海邊撿拾血蚶，昨天我自己便賣了一百多元，阿水（么弟）也賣了九十幾元。」

其實，不用四弟再解釋，我心裡早已明白，因為，學生郵戶從報紙上，早已略知一二，而撿拾血蚶賣錢，更是倍加的相信，因為，自己唸書時，就是利用暑假到家門口十多公尺處的海灘，靠撿拾血蚶賣錢賺學費，自己就是過來人；而且，弟妹們那一套撿拾血蚶的本領，也統統是我傳授給他們的哩！

＊＊＊

那年夏天，我從學校領回國小畢業證書，那算是我們家有史以來最高的學歷；父親高興得合不攏嘴，因為，他覺得我已認識字，不再是「青瞑牛」了，以後出外「食頭路」，可以自己寫信、匯錢回家了。

雖然，金門這座蕞爾小島，是太武山脈由對岸鴻漸山脈蜿蜒渡海而來，尊嚴莊重，儼若仙人臥地，因而素有「仙山」的美讚；幾百年以來，「仙山」鍾靈毓秀，孕育英多，復經朱子教化，鄉賢人文薈萃，科甲連登，明清兩代曾出過四十三位進士、一百七十餘位舉人，甚至，位於金湖的西洪村，曾經「人丁未滿百，京官三十六」，傳為美談。但是，生活在島上的人，絕大多數沒有機會讀書識字，只知道種蕃薯和插石養蚵，而不知道詩書是何物？尤其是連續經過兵燹之浩劫，在炮火下還能有書唸，我能順利拿到小學畢業證書，父親怎能不高興？

國校畢業後，家庭環境比較好一點的同學，開始學習騎腳踏車，準備到更遠的鎮上去唸初中，一些個兒比較高大的，則準備投考剛在金門成立的「陸軍第三士官學校」，到軍中去吃大米飯，唯獨我個兒尚不及一枝步槍高，當兵吃大米飯根本甭提了；升學嘛，父親倒是有這個意思，可是，在我下面尚有五個嗷嗷待哺的弟妹，何況，村子裡家家戶戶都經過無情炮火的摧殘，大家都在瓦礫堆裡苟命，誰能有多餘的錢出借呢？眼看著不能繼續升學，也不夠資格去當兵，唯一最大的願望，就是能到腳踏車店當學徒。

有一天，風和日麗，白雲悠悠，我推開柴扉，信步走到十多公尺處的海邊，獨坐在礁岩上，面對著湛藍的大海，以及兩千公尺外的故國河山，產生了無限的遐思，想到孤獨無助的魯賓遜，想到環球一周的麥哲倫、想到故國河山的五嶽三江，想到自己一定要再升學，否則，只有留在村子裡同父親他們一樣，一輩子守著幾塊蕃薯地，守著幾塊蚵田；可是，擺在眼前的難題是：誰能給我錢去註冊呢？想著想著，不禁淌下了淚水。

湛藍的大海，潮水無聲無息地漲了，又無聲無息地退落了；翔集的海鷗，一隻隻停在退潮的海灘上爭食著。我走到海灘的潮水邊緣，企圖知道鷗鳥們逐食的是小蟹或小蝦，走著走著，忽然，瞥見泥灘上有一個如鎖匙般大小的吸水孔，還未待我走近，吸水孔突然閃動緊閉，消失在黝黑的泥沼中。我好奇地用手去觸摸它，竟從泥沼中摸到一枚如荔枝般的蚌殼，外表由兩瓣帶有條紋溝的外殼緊緊閉合著，堅硬如石，我不曉得那是什麼東西，用石頭將它敲開，裡面有一塊蚌肉，鮮血欲滴。

我再沿著潮水邊尋找，約莫半小時的光景，便撿拾了數十顆類似的蚌殼。回到家裡，父親告訴我，那叫做「血蚶」，盛產於夏季的淺海泥灘，雖蟄伏在泥裡，但可藉偽足行走，或藉海潮漂流移動。採拾的方法，可用肉眼尋找血蚶的吸水孔和用特製的耙子耙取。

先說用肉眼尋找，需風平浪靜、海水清澈，跟隨在潮水退落的邊緣，小心翼翼地尋找，利用血蚶尚未將吸水孔關閉之前，加以撿拾，不過，血蚶的吸水孔十分的細小，且非常機敏，針孔關閉之後，黝黑的泥地上，不留下任何蛛絲馬跡，因此，想再拾取血蚶，只得用特製的耙子在泥地上努力地耙取了。用肉眼尋找，眼力要十分敏銳，小孩子最適宜；用鐵耙子耙法，十分耗費體力，非成人無法勝任。

我將拾獲的「血蚶」拿到鎮上去兜售，一家餐館的老闆，以比鮮蚵貴上好幾倍的價錢買走了。據說，台灣來的高級長官和貴賓很喜歡吃，廚師將活生生的「血蚶」，用沸騰的開水澆燙，兩瓣蚌殼自動分開，殼內有一塊血淋的蚶肉，拌以蒜頭、辣椒、吃起來風味十足，最是營養滋補。

自此，我每天關心天氣陰晴，計算潮水的漲落時間，農曆初一、十五中午滿潮，初十、二十二早晚滿潮，然後，每天相差四十分鐘，當海水開始退落時，我即守在海邊，一遍又一遍地尋找，一天又一天地尋找，暑假過後，經仔細計算賣血蚶的總數，連同賣冰棒所賺的錢，我已有足夠的錢到鎮上唸初中了；而且，還用多餘的錢買了一部中古的腳踏車，開學的時候，我穿著新制服和皮鞋，騎著吱吱作響的腳踏車去上學。

此外，往後開學的假日，我仍守在潮水邊，一天的尋找撿拾「血蚶」，往往可換來一週的營養午餐，直到高中畢業離家出外謀生，撿拾「血蚶」賺學費的工作，才暫告一段落。

而我的弟弟們，也一個接一個地，與我一樣在門庭外的海灘，撿拾「血蚶」賺學費，直到高中畢業為止。

＊＊＊

我把么弟的錢，放回他的鉛筆盒裡，再繼續幫他尋找成績單；我將書包裡的課本統統取出，然後一一地翻開找尋。

翻完了課本，仍一無所獲，再翻閱筆記簿，果然，一張成績單正夾在其中，么弟看見成績單失而復得，終於破涕為笑。

坦白說，自從離家在外工作，對弟妹們的學業成績未曾關心，也不太了解，所以，我仔細瀏覽一遍成績單，各科的分數都很高，特別是最下端的名次欄裡，那一列象徵第一的短斜線，最引人注目。

「阿英，你這學期第幾名？」

我又問唸五年級的四弟。

「……」

四弟不肯說。

「快！快拿來讓我看。」

父親不知是什麼時候走進客廳的，看到我在查看四弟的成績單，接著說：

「阿英呀！真該打，四年來都是保持第一，這學期卻落得第二，不用心，每天只管下棋，輸給一位女生，下學期要是沒有第一名，不讓他讀了，回家給我放牛。」

我知道父親是在嚇唬四弟，希望他能多用功，好好地讀書，下學期再把第一名奪回來。

四弟的眼眶裡開始有了濕痕

「那個女生好大的個兒，早該上初中了，還跟人家唸小學，當然輸她。」

說著，一顆顆眼淚，紛紛從臉頰上滾落。

「好啦！時間不早了，趕快去學校。」

媽在廚房聽到客廳嘈雜的聲音，連忙趕出來。

送走兩位弟弟走出大門後，內心不禁自覺慚愧，畢竟，面對著兩個「拾血蚶的少年」，他們那克勤克儉、奮勵向上的精神，除了令我自嘆弗如之外，其餘的，我一直在想，到底還能再對他們說些什麼，或能再給予些什麼幫助？

附記：一、血蚶是金門的名產之一，極富營養價值，金門縣政府曾積極補助沿海居民，從事「血蚶」養殖事業，增加收益。

二、文中拾「血蚶」賺學費的少年，金門高中畢業後，考取醫學系，已是林口長庚醫學中心小兒專科醫師。

——原載一九七五年八月十九日／正氣副刊

又是蚵肥時節

寒冬過後，疾厲的東北季風漸漸遠颺，海上浪濤趨緩，加上春天雨霧的滋潤，又是一年蚵肥的時候了。

四月天，海島的金門正是煙雨濛濛的季節，天空總陰霾得像蒙著一層吸滿墨汁的棉花絮。雨，經常沒頭沒腦地落個不停，淅淅瀝瀝，白天落著、晚上也落著；偶而雨歇了，白茫茫的大霧，彷彿是頂幔帳，無端地從海上瀰漫過來；霎時，山野濛濛、樹影也濛濛，太陽就像害臊的大姑娘，不肯輕易露臉，到處是一片惱人的濕。這個當兒，養蚵人家大量採收回來的肥蚵，自己吃不完，晒也晒不乾，只有擠向市場去拋售了。怪不得這些日子，不時有一些挑著蚵桶、帶著磅秤的阿嫂，沿著街道挨家挨戶地叫賣著：

「買蚵啦！又肥又鮮，煎蚵仔煎卡好。」

「買蚵啦！自己養的，稱采（隨便）賣，很便宜。」

常常，賣蚵的阿嫂一來，家庭主婦們便一窩蜂似地圍過去，爭著購買又肥、又便宜的鮮蚵，一杓一杓乳白色的大肥蚵從桶裡舀出來，沒多久的工夫，一大桶的鮮蚵便賣光了，賓主皆歡，賣蚵的阿嫂拿著錢眉開眼笑地走了。

我很喜歡吃海蚵，卻不忍看到賣蚵的阿嫂，因為，離家十多年，每次看到那挑著蚵桶的身影，我知道又是蚵肥的時候了，忍不住想起留守在海邊蚵村的年邁雙親，海水退落了，他們仍捲起褲管，挑起竹籃，走一千多公尺的蜿蜒泥濘小路，到泥沼及膝的蚵田裡採蚵；同時，也不由自主地憶起昔日蚵村的情景，以及童年那段賣蚵的辛酸歲月。

金門，以前據說和大陸緊緊相連在一起，後來不曉得是地層斷落，或是海潮不斷侵蝕，日久天長，形成了一條海峽，金門遂成一個海中孤島，潮漲的時候，浪濤洶湧而至，在岸上捲起千堆雪，站在岸邊眺望大陸，漫漫大海，故國河山僅剩一髮青山，一抹紫褐色的山巒影子，在水面上載沉載浮，那麼虛無縹緲。然而，潮退的時候，海水遠遠退落下去，兩岸各露出一大片的泥灘和蚵田，站在太武山俯瞰下去，海峽長如一條藍色的絲帶，讓人有一步即可跨過去的感覺。

先祖本是對岸泉州府東門外土牆厝東坑鄉的望族，書香門第，叔侄皆進士。明朝末年，吳三桂打開山海關的大門，清兵像洪濤般傾瀉南下，慘酷無情地殺害漢人，為了保命，許多人紛紛向外逃難，先祖就是在這個時候，搭乘舢舨隨波漂流到金門這個蕞爾小島，一面墾地耕種、一面插石養蚵，經過兩百多年的篳路藍縷，始繁衍了一個農、蚵兼利的小村。

祖父共有五個兄弟，由於島上土地貧瘠，到處是一片滾滾黃沙，僅能種蕃薯，遇到久旱不雨，蕃薯苗都枯萎了，收成不好，大家只有餓肚子。因此，成年男丁紛紛「孤蓬萬里

征」，遠渡重洋到南洋去討生活，僅祖父留下來繼承先祖的衣缽，守著一頭頭牛、一張犁、幾分蕃薯田和幾百條從內地運來的蚵石。每天，荷鋤牽牛上山種蕃薯或挑籃下海採蚵，過著與世無爭的太平生活。

一九三七年十月廿五日，貼著「狗皮膏藥」的日本鬼子飛機，在金門島上空盤旋，撒下大量傳單，隔日清晨，以艦上大炮轟擊示威掩護，天亮之後，兵分三路在水頭、金門城和古崗登陸。日本鬼子矮小的個子，講話嘰哩哇啦，島上只會種蕃薯和養蚵的子民在步槍和武士刀的脅迫下，沒有人敢反抗，壯丁統統拉去當軍伕。

當時，正值年輕力壯的祖父也不例外，白天，被拉去修機場、建碼頭；晚上，則拿著一面銅鑼在海邊站崗。有一天晚上，祖父守在崗哨上，不巧，由金門青年在內地組織的「抗日復土救鄉團」摸上來了，爬上日本憲兵隊的大樓，摸走了一個睡夢中的日本鬼子的人頭，並且刺傷兩個，鬼子大怒，把祖父吊起來毒打，祖父幾度昏厥，鬼子認為他準死無疑，大腳把他踢到海崖下。趁著黑夜，家人把他抬回來，灌下一碗熱湯，想不到祖父命韌，又清醒過來，於是，趕緊雇了條小船，全家漏夜直奔廈門，搭上渡輪，經過南中國海，繞過麻六甲海峽，三個月的海上顛簸，終於在伊落瓦底江畔上的緬甸仰光上岸，一直逃到深山裡，在一個鄉親經營的伐木場幫忙砍伐柚木。

仰光是東南亞有名的米市。到了緬甸，不像在家鄉一年到頭只喝蕃薯湯了，雪白的大米飯吃進肚子裡，彷彿吃了人參大補湯那樣地渾身是勁，連續揮上幾個小時的斧鉞，也不覺得餓，也不覺得累，不像在家鄉喝飽一肚子的蕃薯湯，還等不及走到工地，肚子裡便咕嚕直叫，雙腳痠軟，渾身乏力。

可是，像飄萍般客居異邦，經年累月生活在濕熱的叢林莽原之中，舉頭不見天日，除了幫人搬運柚木的大象頗為友善外，其他的步步驚魂，命在旦夕，到處是被咬一口即可喪命的毒蛇，和可以一口把人活吞的猛獸、鱷魚。就算幸運之神垂愛有加，不會碰上致命的毒蛇猛獸，可是，瘧蚊神出鬼沒，防不勝防，叮咬上一口，瘧疾發作起來倒在地上冷顫發抖，那是家常便飯，正因在人生地不熟的異邦做苦力，勞動環境差、傷亡率高，因而十之八九窮途潦倒、客死他鄉，因而有「六亡、三在、一回頭」，能幸運衣錦還鄉，風風光光蓋「番仔樓」的，畢竟是箇中少數。

人在海外，心繫故園。雖然，緬人慵懶，讓勤奮的華僑都發了財；可是，每當午夜夢迴，祖父的腦海裡，便又浮現魂牽夢縈的故鄉，那紅磚瓦厝前，無論旭日東昇乃至黃昏夕照，庭前那湛藍的大海，悠遊的白雲。尤其，最令祖父念念不忘的，就是故園的蚵田，儘管仰光的大米吃得飽，但是，沒有鮮蚵，大米飯又算得了什麼呢？

當然，一九四二年戰火也延燒到東南亞，日軍征服泰國之後，動用聯軍戰俘與民工修築通往緬甸的「桂河大橋」，架設鐵路，成為聯軍飛機轟炸的目標，硝煙味瀰漫緬甸的叢林莽原，槍爆聲近在咫尺，祖父仍日夜祈盼著鬼子能吃敗仗，以便能早一天返鄉，雖然，故鄉的蕃薯田，依然種不出大米，但只要有海蚵，喝著蕃薯湯也甘心。

在叢林中，祈盼的日子，就像沼澤裡懶洋洋的鱷魚，慢慢地爬行著。

終於，多行不義必自斃，一九四五年八月六日，美軍轟炸機在日本廣島投擲一枚代號為「小男孩」的原子彈，造成二十餘萬日人死傷；三天後，美軍轟炸機又在長崎投下另一枚代號為「胖子」的原子彈，再度造成八萬多人死亡，迫使日本天皇緊急宣布無條件投降。

日本鬼子戰敗之後，祖父收拾行囊，歷盡千山萬水，又回到日夜企盼的故土家園，紅磚瓦厝前依舊白雲悠悠，大海仍是碧波蕩漾，等不及潮水完全退落，他已奔向蚵田，立佇在蚵石上，任鹹腥味的海風吹拂、任浪花濺濕了衣裳，心裡卻盪漾著說不出的滿足。畢竟，為逃命闊別故土家園，飽嚐思鄉愁緒，又能重新佇立在自己的蚵田上，心中那番喜悅的心情，就像蚵石上如花朵般綻放著的蚵苗，那麼美麗。

祖父回到故園後，每當潮水退落時，便又帶著鋤頭和鐵錐，將那些不堪浪濤沖擊而東倒西歪的蚵石，逐一加以扶正，每天日出、日落，再度重拾往昔耕種與養蚵的悠閒歲月。

可惜，「好景不常」，不幸的事情又發生了，民國三十八年「國、共」內戰興起，大陸神州風雲變色，十月二十五日深夜，兩萬餘共軍乘著數以百計的帆船，渡海準備「解放」金門，還沒有靠岸，在海灘的蚵田上，被島上守軍發現了，一場地動天驚的戰爭就這樣幹了起來，機關槍、手榴彈像雨一般地落在帆船上；第二天，漆有「青天白日」的飛機又臨空炸射，鏖戰幾晝夜之後，海水都染紅了，進攻的共軍，非死即傷，還有九千多人被俘；共軍一路勢如破竹「解放」大陸河山，卻在金門暫時劃下了休止符。

雖然，金門沒有被「解放」，但蚵田卻遭了池魚之殃，泰半蚵石都被戰火炸得粉碎。還好，村民們很認命，能在猛烈的炮火中逃過一劫，已屬不幸中之大幸，豈敢再有怨言？

和拓荒的先民一樣，只要海潮退落下去，村民們便紛紛將可以附著蚵苗的石頭，扛到海灘的蚵田裡布置，一排排、一行行地羅列著；立夏時分，石頭上便綻放出朵朵蚵苗，入冬之後，村民又有採收不完的鮮蚵了。

海蚵，就是牡蠣，是海灘附著礁岩上的貝殼類軟體生物，質鮮味美，極富營養價值。每年初夏，海蚵成熟的孢子，隨著波濤四處漂流，碰到礁岩便附著上去，經過兩季的成長，蚵殼逐漸長大，只是，冬天東北季風凜冽，浪高水渾，蚵肉消瘦清淡，得過了寒冬之後，海上風浪趨緩，加上春天雨霧的滋潤，海蚵方能長得肥大豐腴，無論是料理成海蚵煎、炸成蚵餅或佐料煮湯，均質鮮味美、香脆可口，令人百吃不厭。

因此，每當蚵肥的時候，蚵村裡家家戶戶忙著採蚵，只要海潮一退落，男女老幼紛紛挑起竹籃，成群結隊地到蚵田裡，將蚵殼從石條上鏟下，洗淨污泥後挑回家中，倒在木桌上，全家大小圍攏過來，人手一把蚵刀，熟練地撬開蚵殼，把蚵肉從殼中一一撥出。往往一家人圍著剝蚵，一邊剝著，也一邊談天說笑，或播放張唱片，讓歌仔戲咚咚嗆嗆的歌聲四處飄盪，蚵村簷前屋後，到處是一群群忙著剝蚵的人們，其樂融融、其喜洋洋。

從前，窮鄉僻壤的蚵村對外交通不便，盛產的鮮蚵和蕃薯一樣，自產自食，既沒有人買、也沒有人賣，因為，家家戶戶或多或少都有蚵田，所以，每當海蚵生產過剩的時候，有些曬乾儲存，有些醃製成蚵醬，等到不產蚵的季節，就不虞沒有海蚵可吃了。民國三十八年國軍駐守金門之後，島上駐紮了許多沒有養蚵的阿兵哥，各鄉鎮慢慢形成市場，才開始有人賣蚵與買蚵，一夜之間，蚵成了搶手貨，價錢節節上升。

父母親自幼生長在蚵村，論種蕃薯和養蚵功夫，村子裡找不出幾個人可以相媲美的，可是，他們不擅於跟人論斤計兩，更羞赧於和人討價還價，因此，所採收的鮮蚵，不像別人挑著蚵桶沿街叫賣，或把蚵桶擺在市場待價而沽，而是老遠地挑到鎮上，販給一家雜貨店，老闆秤後說多少斤，就算多少斤，說每斤多少錢，就算多少錢，因此，同樣一擔海蚵，售價往往不及人家的一半。

雖然如此，可是，每次父親賣蚵回來，總會買些麵粉和麵線之類的食物回來，一家人便可以不必餐餐吃那惱人的蕃薯湯了。家裡有了海蚵賣，生活慢慢獲得改善，可是，「天有不測風雲，人有旦夕禍福」，就在我唸小學四年級的那年，父親莫名其妙地罹患一種怪病，一雙腳又腫又爛，寸步難行，每天躺在床上痛苦的呻吟。母親原本體弱多病，又得照顧幾個嗷嗷待哺的弟妹，因此，家裡沒有人上山種蕃薯，也沒有人下海採蚵，一時生活陷入絕境。

我丟下書包不去學校上課了，準備留在家裡幫忙，可是，母親說好說歹，都不肯讓我輟學，她認為，反正我每天都要到鎮上去唸書，因此，她願意到海裡採蚵，然後，趁著我上學之便，用一根小扁擔，一頭掛著書包、一頭掛著蚵桶，把蚵帶到鎮上的雜貨店，放學後再去結帳，順便把蚵桶帶回來，算是兩全其美的辦法。

我照著母親的意思，每天挑著書包和蚵桶走三公里多的路去上學，肩膀痠了，我放下擔子休息，一次又一次地休息，才把蚵送到雜貨店寄賣；下午放學後，我到雜貨店提回空桶，一路蹦蹦跳跳回家，幾個銅板在口袋裡叮叮咚咚響。

有一次，天氣異常寒冷，我挑著擔子縮著頭，頂著凜冽風隙前進，走著走著，一步不小心，踢到一塊石頭，整個人趴倒在地，久久之後，才覺得膝蓋頭一陣痠痛，趕緊爬起身來，卻發現蚵桶倒了，一桶鮮蚵像潑出去似的灑滿一地，撿起蚵桶之後，我哭了。然而，我不是為跌傷膝蓋而哭，而是，海蚵是我們家唯一能賣錢的東西，母親每天起得比太陽還早，從海裡把蚵採回來，又把蚵肉從殼中一一剝出，好不容易才剝出來的一桶蚵鮮蚵，竟因我一步不小心傾倒在地，摻有大量泥沙的鮮蚵，鐵定是沒有人願買了。

下午放學的時候，我提著空桶一路哭回家，心想一定會受到父母嚴厲的責備。豈料，母親也流著淚，用手拭去我臉上的淚水，安慰我：「沒關係，跌倒了爬起來。」一直到今天，在人生的旅途上，每當我遇到挫折，腦際裡便浮升起母親那慈祥的容顏。

漸漸地，弟弟也長大了，上學途中，有時，我們各自背著書包，然後合力扛著一桶蚵，就這樣，一面上學、一面賣蚵，一年又一年，直到國中畢業到更遠的城裡唸高中，賣蚵的擔子由弟弟接手，我才脫離賣蚵的行列。

十多年來，為了求學和就業，長年漂泊在外，不曾再為家裡的養蚵分擔過一份心力，偶爾回去，母親知道我喜歡吃海蚵，總像在招待客人似的，煎一大盤海蚵煎，看著我吃完。而每一次，當我凝視老人家蒼然的容顏，如霜的雙鬢，和那結滿厚繭的雙手，內心便像針砭般痛楚，因為，用盡各種方法，就是無法說服老人家搬離偏僻的蚵村。言談之間，老人家總流露出萬般無奈的眼神，從前，她怕我們兄弟長大後，每個人分不到幾條蚵石，將來怎麼過生活？因而儉腸捏肚、節衣縮食，只要有人出售蚵田，甚至不惜借貸把它買下來，到今天，加上政府補助養殖的簇竹蚵和塑膠蚵，每年都有採收不完的鮮蚵，可是，五個兄弟一個個地長大，也一個接一個地離開蚵村，到外地成長立業。目前，老人家擔憂的是，一輩子開拓出來的產業，誰來繼承？

是的！雙親已垂垂老矣，他們辛勤一輩子開拓出來的產業，誰來繼承？為人子女，每次面對這個問題，無不黯然神傷、低迴不已。然而，這是一個歷史演進的問題，人類追求更美好的明天所必然的結果，時至今日，種蕃薯和養蚵維生的古老生活形態，逐漸地沒落，自然有其客觀的因素存在，不必眷戀，也不必惋惜。只是，離開蚵村十多年，每次看到挑著蚵桶的身影，我知道又是蚵肥的時候了，忍不住地又想起留在海邊蚵村的年邁雙親，海水退落了，他們還捲起褲管、挑起竹籃，走一千多公尺的蜿蜒泥灘小路，到泥沼及膝的蚵田裡採蚵。同時，也每每令我想起昔日的蚵村情景，以及童年那一段賣蚵的辛酸歲月。

——原載一九八四年六月二日／中央副刊

牛

父親七歲時，便下田跟祖父學習耕種，長大之後繼承先祖的薄產，守著幾塊蕃薯田，過著躬耕自食的生活，每天大清早便起床餵牛，把碩大的大公牛餵得飽飽地，趁太陽尚未露臉之前，扛著鋤犁上山坡，經常一口氣耕下幾塊田地。所養的牛是跑得快、跑不喘的大公牛，在村子裡，父親養牛的本領，以及每年收成後那一大缸、一大缸的地瓜乾和土豆，備受左鄰右舍所稱羨。

近些年來，我們兄弟一個個地長大，也一個個地離家到外面去求發展，有的當公務員、有的從軍、有的經商，就是沒有一個願意留在家裡，跟隨父親學習耕種，好接過父親的擔子。而父親的年齡愈來愈大，漸漸無法勝任笨重的田間農事，土地慢慢荒蕪了，養牛卻成了他生活中不可缺少的一部份，只是，他不敢再養大公牛了，害怕大公牛發起性子來，佝僂的身子是拉不動牛繩了，因此，改養了一頭母牛，而母牛每年都產下一頭小牛，幾年下來，大牛、小牛一大群，由於實施農地重劃，曠野有限，每天趕著牛群上山坡，找不到草地放牧，成為每天的一大煩惱，可是，老人家卻仍樂此不疲。

星期天，我休假回家，大清早即看到父親忙著餵牛，亮麗的朝霞灑在金黃色的牛毛上，閃閃發光，睜著大眼睛的小牛，低著頭在吃奶，乖乖地讓父親為牠刷拭牛毛，顯得非常溫馴可愛。

「爸！養那麼多牛，為什麼不賣掉幾頭？」

「我也是這麼想呀！但又怕小牛賣出去，別人不會照顧。」

「現在金門黃牛肉正拓展外銷，行情不錯。」

「年輕人就是容易忘本，幾千年來，牛一直在幫人類耕田，現在有了耕耘機，就拼命的殺牛、吃牛肉，真是太殘酷了！太殘忍了！」

或許，父親從小在農村成長，大半輩子都在田裡幹活，每天作伴為伍的，就是那頭繫著粗繩的牛，也靠著牛拉犁耕地，才能養活一大堆孩子。因此，幾十年來，和耕牛有著深厚的情感。

事實上，父親成家的那一年，就只擁有一頭牛和一張犁；他嫌那頭牛太老，耕起地來拖泥帶水，很不過癮，於是，決定把牠賣了，去換一頭小公牛，加以細心的照顧和嚴格的訓練，使牠成為一頭能聽話、跑得快、跑不喘的大公牛。

畢竟，父親正值年輕力壯，如果能有一條好耕牛，自己的田地太少，還可向別人租田，以養活孩子。然而，正當父親欲大展身手之際，不幸的事情發生了，民國四十七年八月二十三日，那一天，秋陽一如昔往地灑遍大地，萬里無雲的藍天，令人覺得天長高了許多，大地也伸展了不少。午后，父親戴起斗笠，和往常一樣扛犁、拉牛上山；一路上，暗忖著孩子一個個地出生，生活的擔子不斷地加重，而惟一的收入就是耕種，不自覺地加快腳步，沒有閒情逸緻，去欣賞沿途的秋色風光了。

到了坡上，父親吆喝著牛，揮著汗水來回地犁地，放眼望去，延伸到太武山麓寬敞的田野裡，盡是一片地瓜和土豆的蔓藤，其間，夾雜著一些工作的人們，許多牛隻散布其間，距離最近的一頭黑色大公牛，牛背上站著一對八哥鳥，相互的呼聲對答，在歌頌大自然，讚美大自然。

父親把地耕好，看看天色不早了，趕快把牛拴在田邊的小樹下休息，然後，開始在地裡插上地瓜苗，忽然，迎頭轟隆巨響，一群群炮彈呼嘯而來臨空爆炸，到處硝煙瀰漫。起初，還搞不清楚到底是發生什麼事，待迅速躲進田邊壕溝，驚魂甫定之後，始發覺是對岸共軍集數百門大炮，同時向金門瘋狂轟擊，而島上的國軍獅山炮陣地，也率先開炮還擊，帶動島上炮兵陣地全面跟進，一時之間，兩岸炮口相向、萬彈齊飛，驚天動地的炮戰揭開序幕。

父親尋找落彈間隙，利用彈坑躍進爬回村子，發現家人都及時躲進防空洞，這時才想到耕牛還綁在田邊，一定凶多吉少，可是，防空洞外彈落如雨，也無法出去把牠拉回來呀！

隔天一早，炮聲稍歇，父親衝出防空洞外，直奔山坡，找了半天，好不容易才在一個彈坑邊找到一個牛頭，仍被繩子拴著，身子早被炮彈炸爛了，父親抱起牛頭，跪地痛哭——為耕牛不幸罹難而哭，為家中失去耕地的動力而哭。

一夕之間，先民蓽路藍縷、遠從內地用帆船運來的杉木、紅磚和長石條所砌成的家園，不堪無情炮火的摧殘，夷為一片斷垣殘壁和瓦礫灰燼，許多人在破碎的家園裡哀嚎，許多人在瓦片堆裡，挖掘一些可以帶走的衣物，打起包袱，匆匆跑去碼頭等船，準備到台灣去避難。父親從山坡上回來，發現自己的房子倒了，祖父扶著橫七豎八的杉木，揮著拐仗說：

「你們快走吧！反正我也沒有多少歲月了，這把老骨頭豈能再流落他鄉？」

祖父堅持不肯離去，寧願守著破碎的家園，父親也就決定留下來，從瓦礫堆裡，把先祖的神靈牌位和菩薩的神龕挖出來，搬到防空洞裡膜拜，他相信，金門是佛山、是聖地，就像數年前在古寧頭登陸的兩萬餘共軍，若非被殲、就是被俘，終將難逃失敗的命運。

炮戰斷斷續續地打了四十四天，金門一百五十二平方公里的土地，落彈四十七萬餘發，並沒有被擊沉，也沒有被「解放」，雙方協議暫時停火和「單打雙不打」之後，村民們開始重整家園，倒塌的房子在「中國大陸救災總會」的補助下，慢慢地修復，可是，炮戰期間，耕牛沒有防空洞躲避，在無情炮火的摧殘下，非死即傷，種田人家即使有錢，也很難買到一頭耕牛，何況，金門過去地瘠人貧，又歷經浩劫，能夠保住性命，已是不幸中之大幸，誰還有錢去買耕牛呢？

鄰居阿土伯，有一頭耕牛實在命大，既沒有被炸死、也沒有被炸傷，卻因炮戰期間缺乏餵食忍飢挨餓，瘦瘪得不成牛形了，整日無精打采地，走起路來顛三倒四。父親獲悉之後，心想：一頭牛懷胎就要十個月，生下來最起碼還要再飼養一年多，才能下田犁地，瘦瘪的牛若遭宰殺，實在非常可惜，因此，趕緊跑去找阿土伯：

「阿土兄，你那頭牛賣給我養，好嗎？」

「你不怕笑破別人的嘴巴，那條牛都快要死了，還養得活嗎？」

「我們打賭好不好？」

「好吧！如果你養得活，牛就免費送給你，如果死了，就賠償我五百元。」

「那就一言為定囉！」

「八二三炮戰」之後，母親終日滿面憂愁，她憂心耕牛被炸死了，沒有牛耕田，一家老小吃什麼呢？父親從阿土伯手中接過那頭瘦癟的病牛後，為了生活、也為了賭一口氣，早晚勤加餵食與悉心照顧，才經過個把月，整條牛已脫胎換骨，漸漸地恢復體力，原來牛不是生病，而是人躲炮彈藏身防空洞裡，牛被拴在外面挨餓，沒有餓死，已經是夠堅強了。父親不斷地給牠補充食料，整頭牛開始充滿著活力，有了耕牛，全家更有信心，要把破碎的家園重建起來。

戰後不久，我上小學唸書，每天放學回家，父親總是要我去田野割些青草給牛吃，我常邀兩、三村童，一起揹著竹筐上山去割草，在天黑之前，把草料倒在牛欄裡，讓辛苦耕田的牛隻，能有一頓豐盛的晚餐。

有一天下午，我和往常一樣放學回家，放下書包便揹起籮筐，準備上山去割草，母親滿臉憂戚地告訴我：「不必去割草了！」因為，牛吃了有毒的蚱蜢死了。我丟下籮筐，直奔山上，看見牛的肚子脹得好圓、好大，父親邀請幾位鄰居協助，合力把牠抬到海邊的曠地，挖了一個大洞，燃了香、燒了一些冥紙，然後，便把牠給埋葬了。

家裡沒有牛，父親像失去了精神支柱，終日茶飯不思，恍恍惚惚地，做起事來都不起勁，他丟下了田間的工作，跑了好幾個村莊尋覓，好不容易才買到一頭小公牛，經過不斷地訓練，又成為家裡的一頭好耕牛，高高的肉峰、大大的觸角，走起路來虎虎生風，有了牠，我們家每年收成的地瓜和土豆，又是一大缸、一大缸地擺著，同樣地，每天放學回來，我又揹起竹筐上山去割草。有一天，放學回到家裡，父親叫我不必去割草，因為，牛已經賣了，明天屠宰商就要來牽走了。

「爸！這麼好的牛，為什麼要賣掉呢？」

「不得已呀！那天，阿旺叔來借牛去犁田，誰知牛會認主人，阿旺叔把頸弓掛在牠的脖子上，握著犁，不管怎麼吆喝，牛就是不肯拉犁耕田。阿旺叔一氣之下，鞭子劈里啪啦地抽在牛背上，把牛的獸性打了出來，冷不防一個轉身，便把阿旺叔觸倒在地，還好有人路過，及時前來營救，僅斷了兩根肋骨，要不然，早就沒命了。現在，牛一看到陌生人，便怒目相視，非常可怕，經獸醫鑑定，這頭牛的野性太大，無藥可救了，為了以防萬一，還是賣掉算了。」

父親說著，眼眶裡閃爍著晶瑩的淚水。

我趁父親不注意的時候，偷偷地揹著竹筐，從後門溜出去割草，而且，割得比以前還多，然後，把草倒進牛欄裡，我想讓牠還有一頓豐盛的「最後晚餐」。隔天，放學回來，我看見牛欄裡空空的，一股莫名的空虛，不斷地在心頭滋長。

初中畢業之後，我到城裡去唸高中，割草餵牛的事，交給弟弟去承做，一直到今天，十多年來，我很少回家，更少參與田間的農事，其間，父親換過幾頭牛？也就不得而知了，不過，我可以肯定的是：歲月不饒人，時代在進步，父親已不再年輕力壯了，孩子一個接一個地成長離家，仍然守在鄉下的他，佝僂的身子再也無法勝任笨重的農事了，養牛，雖是生活中不可缺少的一部份，但不是為了賣牛致富，而是他老人家深深認為，過去金門沒有車子，完全用騾、用馬在搬運東西，家家養馬，農村到處可見奔馳的馬蹤；而現在想看馬，那是遙不可及的夢想，尤其，近些年來農地不斷實施重劃，耕耘機大量地出現，不久的將來，牛隻拉犁的情景，也將從金門的農村消失。

——原載一九八四年十二月一日／文藝月刊

疤痕

「身體髮膚，受之父母，不可損傷！」可惜，懵懂的童年裡，未能好好珍惜父母賜予的身體髮膚，曾使嘴唇及頭皮上，各留下一處永不磨滅的傷痕。還好，傷痕並不怎麼起眼，沒有嚴重破壞本來的面貌，只是，每當攬鏡自照，或用手觸摸到疤痕的時候，兒時的情景，又一一浮現在眼前。

嘴唇上的斷痕

我的下嘴唇正中央，有條由裡至外的斷痕，痕長大約三公分許，裡外各有一公分半。儘管，斷痕大大方方地烙在最無法遮藏的臉上，幸好，痕線很細，除非是我張開口講話，站在對面的人盯著我顫動的嘴唇，否則，恐怕也是不容易看到的。

提起嘴唇上的斷痕，那是童年的往事了，雖說歲月無情，二十幾個寒暑神不知、鬼不覺地溜逝了，我已從淌著鼻涕的毛頭小子成為而立之年的壯漢，可是，二十幾年前那晚的情景，對我來說，倒還像是昨天才發生過似地，在腦海深處，永遠是那麼地清晰、明亮。

金門，以前是一個黃沙滾滾的海中孤島，地瘠人貧，泰半的人遠赴南洋討生活，守在島上的居民，靠種些蕃薯和花生過生活，自食其力，也自得其樂，過著與世無爭的太平歲月。然而，民國三十八年深秋「古寧頭戰役」槍響之後，緊接著幾場地動山搖的大炮戰，隔著金廈海峽重兵對峙的「國、共」兩軍，動不動炮彈就一群群地呼咻而來、呼咻而去，因此，島上的居民們，除了仍要在瘠劣的蕃薯田裡討生活，也要在烽火中求生存。

有人說：「新兵怕大炮，老兵怕機關槍。」可是，經年累月生活在炮火下的金門老百姓，卻似乎兩者都不怕。因為，炮聲聽多了，都能分辨出是什麼炮彈，空炸的、落地的、延期的。尤其是「單打雙不打」期間的炮宣彈，一聽到發射出口的聲音，差不多就能判斷落點離身邊有多遠，該不該立刻躲防空洞？

畢竟，只要不被突來的第一發直接命中，其餘的，確實沒有什麼好懼怕的了。因為，對岸向金門發射的宣傳彈，通常是一個目標轟擊四發之後，便轉向另一個目標，而且，每發大約間隔三分鐘，因此，只要炮彈不落在附近，大家也懶得多加理會，儘管炮聲隆隆，一家人依舊圍在一起吃晚飯，照樣聚在庭院納涼，細數夜空裡炮彈迸裂的火花。

那一天，吃過晚飯，父親在如豆般的煤油燈下補魚網，我則捧著課本在旁邊唸ㄅㄆㄇㄈ，突然，轟隆一聲巨響，地板發生強烈地震動，磚瓦的房子一陣飄搖，落下許多塵土。擺在板凳上的煤油燈震翻了，霎時到處一片漆黑，我和弟弟嚇得哇哇大哭，父親連聲喊著：

「快躲防空洞，快躲防空洞！」

老祖母年輕時纏小腳，三寸金蓮走起路來朵朵蓮花，十分地不方便，更別說跑步了。每次炮彈落在附近，都有勞父親攙扶她老人家躲進防空洞。記得那晚，炮彈來襲，父親立刻丟下手中的魚網，吆喝我快躲防空洞，一邊扶著行動不便的老祖母，母親則迅速抱起牙牙學語的弟弟跑在前頭，剩下我落在後面邊跑邊哭。防空洞距家約有一百多公尺，平常慢慢走去，似乎沒幾步便可抵達，可是，突然挨一記慘厲的炮彈聲，想跑快、心裡慌、腳變軟，怎麼跑也跑不動，一步不小心，一跤趴倒在地上爬不起來，最後，還是父親回過頭來，一把將我抓進防空洞裡。

進了防空洞裡，我發覺滿口泥沙，下嘴唇很疼，不停地湧出黏黏、熱熱的液體；防空洞裡一片漆黑與混亂，洞外炮彈仍在轟著，我痛得不停地哭泣，可是，一時既找不到大夫縫治，也沒有藥膏塗抹，母親一直流著眼淚，用手按住我的傷口：

「怎麼辦，嘴唇斷了，以後怎麼吃飯？」

頭皮上的疤痕

我的頭皮右後方，有一處如花生米般大小的疤痕，唸初中時，學校規定剃大光頭，很容易顯露那塊長不出頭髮的窟窿；還好，出了社會留起長髮，除非是自己洗頭時用手指抓，否則，常常遺忘頭皮上還有那麼一處疤痕。

提起頭皮上的疤痕，那是唸小五那年的事了。民國四十四年，我降生在金門島西海岸的一個濱海小村，三歲時便發生了震驚中外的「八二三炮戰」，可惜，襁褓中那段躲在防空洞裡挨餓、挨炮轟的印象，卻是一片朦朧，當我開始有記憶的時候，那是三年後上學唸書的事了。

生長在鄉下的孩子，似乎比較傻，雖然，升上國小三年級了，可是，下了課後，同學們紛紛跑到教室外玩彈珠和射橡皮圈，只有我，除了上廁所，仍傻呼呼地坐在位子上。其實，認真說起來也不是我傻，而是無情的炮火把我們的房子打得稀爛，蕃薯田炸得坑坑洞洞，耕牛也炸死了，連上學註冊的錢都成問題，哪裡還有零用錢能買玻璃彈珠和橡皮圈玩呢？何況，要不是政府規定及齡兒童強迫入學，村公所的人一再來催促，我也不願上學，寧可同父親到田野裡撿拾炮彈破片，一斤五毛錢，一天總可以賣上好幾元。

有一天，不經意間在操場上撿到一條橡皮圈，我高興得不得了，回家後，我學著同學們玩橡皮圈的模樣，用兩手的大拇指，把橡皮圈使勁張開，閉上左眼，用右眼去瞄準目標，再鬆手讓橡皮圈彈射出去，我反覆地練習著，彈射功力不斷精進。於是，我想到同學們玩橡皮圈的情形是：一個人在牆邊擺上橡皮圈，讓人站在一定的距離外，用橡皮圈彈射，假若射中了，那麼，擺在牆邊的橡皮圈就是他的了，假若射不中，則彈射出去的那條橡皮圈便被收走了。

我想：憑我的彈射功力，可以用撿來的那條橡皮圈，去和同學們玩，說不定能贏得更多的橡皮圈哩！我高興得整夜睡不著。

於是，隔天第一節下課，我不再枯坐在位子上，跟同學們一起跑到教室後面的防空洞邊，那兒有許多同學，興高采烈地玩著橡皮圈，我小心翼翼地從手腕上取下唯一的一條橡皮圈，跟人家站在線外，架起陣勢仔細地瞄準著，一瞄再瞄，瞄了老半天，就是捨不得讓橡皮圈彈射出去，因為，我擔心就在橡皮圈飛出去的當兒，突然來了一陣風，沒有射中目標，橡皮圈就變成別人的了，那麼，我要到什麼時候，才能再撿到橡皮圈呢？站在線外，我躊躇著不肯輕易出手，終於，蹲在牆邊等橡皮圈射過去的同學，等得不耐煩了，收拾起橡皮圈，像隻猴子似的又叫又跳：

「你到底玩不玩，不玩滾到一邊去？」

「要！我要玩。」

要，我要玩。當然要玩，我有信心用這條橡皮圈，去贏取很多、很多的橡皮圈。

「要玩快一點！」

我再度架起陣勢，瞄準再瞄準，終於，下定決心讓橡皮圈彈射出去，「弓開如秋月行天，箭去似流星落地」，就在鬆手的一剎那，橡皮圈像枝箭不偏不倚地正中目標，哈哈！終於射中了，我跳了起來，像匹脫韁的野馬飛奔過去，撿起射中贏來的橡皮圈。就這樣，一次又一次地瞄準放射，或許，我天生就是一等一的神射手，總是射中的多，失手的少，因此，手裡頭的橡皮圈，隨著每一次下課鈴聲響起，數量不斷地增加。

一陣子之後，同學們紛紛對彈射橡皮圈失去了興趣，不僅瞄準時橡皮經常拉斷彈在眼睛上，而且，玩了大半天，輸贏總是那麼幾十條，實在沒有什麼意思。所以，有人提議用兩個銅板，轉動之後用手壓住供人猜，如果兩個銅板都是圖像，則押賭大拇指的地方；如果兩個都是反面文字，則押賭小指的地方。再者，兩個銅板出現一正、一反，則押賭中指的地方。值得再說明的是，兩個銅板同時出現相同的機率較低，所以，猜中了押一賠二；猜錯了，也僅賭注被吃掉而已；而兩個銅板出現一正一反的機會最大，所以猜中了也僅押一賠一。

然而，為了贏取更多的橡皮圈，我暗中勤練轉動銅板的功夫，所以，只要兩個銅板進了我手中，便諱莫高深，神出鬼沒，變化無常，我要它兩個都是正面，絕不會出現一正一反，因此，大家無從猜起，橡皮圈又大把大把地贏進我的口袋裡。職是之故，我的腦海裡，已不再是國語和算術，而是橡皮圈！橡皮圈！橡皮圈！

不久之後，有人帶來撲克牌，便開始玩起「三公」，每個人分三張紙牌，翻開起來輸贏便揭曉，玩起來既緊張又刺激；尤其，賭資不再侷限於橡皮圈，甚至，有人直接開始押賭錢幣。

自從玩起橡皮圈之後，我的功課一落千丈，幾乎到了「滿江紅」的境地，老師開始注意到學生賭橡皮圈的事了，只是，我們經常轉移陣地，有時躲在防空洞裡，有時跑到草叢中，有時齊聚在壕溝裡，而且，大家約法三章，橡皮圈不能藏在書包和口袋裡，成串地紮在內褲的褲帶上，任憑老師搜身，也是枉然的。

在學校裡，我已是老師心目中的頭痛人物。終於，導師特別做了家庭訪問，將我在學校裡賭橡皮圈的事，一五一十地告訴父親；待老師走了之後，父親抓起棍子，往我屁股猛抽著，邊抽邊罵著：

「好兒好迌迌，歹兒不如無！」

畢竟，母子連心，打在兒身，疼在娘心，母親不忍我被毒打，趕緊把我摟進懷裡；氣極敗壞的父親，卻持著棍子在那兒斥責著：

「讓你去唸書，你不好好唸，竟成天賭博，明天開始不要去學校了，回家給我放牛！」

第二天，母親流著眼淚送我到學校，可是，「冰凍三尺，非一日之寒！」我的一顆心，早已飛出去了，怎能一下子收回來呢？到了學校，禁不住誘惑，我又賭了，仍是防空洞裡、草叢中、壕溝裡，只要下課鈴聲響起，便一溜煙地不見人影了。誰知，老師早已佈下天羅地網，暗中派人跟蹤，當我們分好紙牌之際，老師以迅雷不及掩耳之勢趕來，我機警起從另一個洞口逃出，可是，其他三位同伴則被人贓俱獲逮個正著。

中午放學的時候，訓導主任把我們四個賭徒，一一點名叫到升旗台上，面對全校師生；訓導主任是個胖子，又高又壯，嗓門之大，訓起話來無需用麥克風，全操場的人都聽得一清二楚，尤其，他那兩顆眼睛，又大又凸，看人的時候好像要跳出來的樣子，平常，不苟言笑，彷彿是冷面巨鷹，真是人見人怕，特別是生起氣來，脖子上暴滿青筋，更是令人不寒而慄。他問我：

「你有沒有賭？」

我暗忖著，訓導主任那副兇巴巴的模樣，假如我承認有賭，手心不被打爛才怪。再說，我又沒有當場被逮到，幹嘛要承認呢？因此，我理直氣壯地回答他

「沒有！」

訓導主任氣得直跺腳，他轉過身去問默默站在一旁的三位同學：

「他有沒有賭？」

只見他們點了點頭，訓導主任乾咳一聲之後，又轉身回來問我：

「你有沒有賭？」

我看大勢已去，只好認了，低著頭有氣無力地應著：「有……」

就在我說出「有」的那一瞬間，頓覺頭頂一記重擊，整個人立刻失去知覺，醒來的時候，我躺在保健室裡，頭頂右方覆著一團紗布。原來，我不但參與賭博，還不誠實，不敢勇於認錯，訓導主任真的氣炸了，舉起右手往我頭上一敲，竟忘了手上還載著有一枚鑲著寶石的戒子，就這樣，在我嫩嫩的頭皮上，留下一處傷口，痊癒之後，便留下一處如花生米般大小，永遠長不出頭髮的疤痕。從此之後，我不曾再觸及任何賭博的事了。

歲月悠悠，二十餘載春秋不知不覺中消失了，只有疤痕依舊存在。想當初，恨透那個兇狠的訓導主任，其至，背地裡常常向他吐口水。可是，近些年來，每當觸摸到頭皮上的那處疤痕，內心無不慚愧又感激。因為，要不是他給我重重的那一拳，也許，我成了賭鬼，終日偷偷摸摸，或早已傾家蕩產，淪為小偷盜賊，身繫囹圄，今天，我怎能是一個堂堂正正的公務員，擁有幸福美滿的家庭和賢淑的妻子呢？

——原載一九八四年六月十三日／正氣副刊

新鞋的煩惱

春節前花一千多元買了一雙新皮鞋，新年新氣象，大年初一早晨，我從盒裡把它取出來穿，咖啡色的鞋面閃閃發光，配上淡藍色的西裝，我在大鏡子前打照一番，嗯！不一樣就是不一樣，生活在樸實無華的戰地，平日都穿硬邦邦的公務制服。難得過新年才換上西裝，打上領帶，怪不得連自己也要覺得耳目一新，氣派非凡，走起路來，連手臂也不敢用力擺動。

不料，新鞋才穿一個上午，後腳跟馬上被磨起兩個大水泡，疼痛不已，寸步難行，我趕緊把它換下，丟進床鋪底下，還是穿運動鞋來得輕便、舒適。

今年的天氣怪邪門的，雨從去年冬末，一直下到今夏，海島氣候，連月雨霧，空氣異常的潮濕，坐北朝南的店屋，大門就像一個張著大口的袋子，從料羅灣飄來的濕氣毫無拘束地往裡灌，雖然，屋外已出了太陽，但地板仍不斷地滲出水來，到處一片濕氣和霉味，怪不好受的。星期日休假在家閒著沒事，我試著用拖把將地板擦乾，不經意間發現那雙咖啡色的新皮鞋，蒙著一層褐灰色的霉，彷彿是兩隻毛茸茸的大老鼠躺在那兒，可怕極了！我把它拿到太陽底下先晒一晒，用乾布和刷子仔細擦拭一番，再塗上一層鞋油。

鞋子塗上鞋油後，鞋面又恢復舊觀，依舊金光閃閃，可是，該怎麼來處理它才好呢？要穿它嘛，平日喜歡東奔西跑，穿新皮鞋，實在步履維艱，頗為不便，再說，我很害怕穿了新皮鞋，後腳跟會再度被磨起水泡，不敢再嘗試那種跛腳的滋味。不穿嘛！花大把鈔票買來的新鞋，未免可惜，況且，鞋不經新，焉能得舊？

生平頭一遭花上千元買鞋子，新鞋的新鮮氣息非但沒有為我帶來好運，讓我踏出嶄新的一步，伴我走天涯，相反地，想不到卻為我帶來這麼大的煩惱。或許，童年打赤足和穿破鞋的苦澀仍記憶猶新，面對金光閃閃的大皮鞋，又怎麼能適應呢？

祖母的一手鉤針技藝享譽全島，舉凡嬰孩的棉線花球帽，棉鞋棉靴等等，鎮上能買得到的，十之六七是出自祖母的雙手，雖然，她老人家已年近八十，眼睛幾乎看不見了，兒孫們一再地勸她不必再那麼辛苦，幾度已棄針不鉤了，可是，拗不過代售商們的請求和拜託，憑她幾十年熟練的手藝，不用眼睛看，仍能或多或少地編織一些鞋帽。因此，據說我的童年，不虞匱乏鞋和靴。

漸漸地長大，我學會走路了，不能再穿棉織的鞋靴，開始光著腳丫滿村子裡跑，爬到樹上去拆鳥巢，或是到池塘裡捉蝌蚪，打赤腳真方便。上了小學，班上四十幾個同學之中，僅寥寥幾個鎮上做生意人家的子女，有穿鞋子上學，其他的，都是「赤腳大仙」，反正，老師也沒硬性規定要穿鞋子才能上學，大家見怪不怪。升上三年級，早晚必須參加升降旗典禮，

隊伍站在操場上，有沒有穿鞋子，一目了然；有一天，校長在朝會上宣布要穿鞋子上學，才合乎衛生，於是，回家之後，我將實情稟報父親：

「爸！我要買雙鞋子。」

「現在正雇工人幫我們挖掘水井，工資都是向別人借的，等水井挖好後，賣了菜有錢，再幫你買鞋子。」

父親生長在農村，一輩子也沒有穿過鞋子，那一雙大腳，踏過無數坎坷的道路，涉過多少溪澗河流，對他來說，鞋子似乎是一種累贅。

沒有錢買鞋子，確實是無可奈何，我仍打赤腳去上學。漸漸地，同學們一個接一個地買了鞋子，那怕是膠底鞋、布面平底鞋，只要有鞋子穿在腳上，便算有穿鞋子了，全校數百個學生，僅剩幾個沒有穿鞋子，我便是其中之一，每天朝會晨間個人衛生檢查，都要被叫到升旗台上罰站。導師終於問我：

「你為什麼不穿鞋子？」

「我沒有錢買。」

「你把零用錢節省下來，就可以買一雙了。」

我感到莫名其妙，不曉得什麼是零用錢，又如何節下來用來買鞋子，我疑惑地問老師：

「什麼是零用錢？如何節省？」

「所謂的零用錢，就是爸爸媽媽給你買糖果的錢，你把它存下來，就可以買雙鞋子。」

「老師！我爸從來沒有給我錢買糖果。」

導師終於知道我家窮，星期天，他騎著腳踏車來到我們家，平常，我就很怕老師，不曉得他來家裡做什麼，連忙躲進房間裡，從門縫偷聽老師和父親在廳堂裡交談著：

「學校規定要穿鞋子上學，令郎不知為什麼，一直沒有穿鞋子？」

「我們家沒有固定的收入，只靠種菜維生，本來，躬耕自食，自得其樂，一家大小生活還過得去，不幸，八二三炮戰一爆發，成群的砲彈飛過來，房子被打垮了，耕田的牛隻也被炸死了，連賴以澆水的古井，也經不起砲彈的震撼，竟也陷下去了，一時生活陷入絕境，菜種得更少，所能賺到的錢，要修理斷垣殘壁的房子，也要雇工挖水井，實在沒有錢買鞋子。」

「老伯！您夠辛苦了，好啦！明天我買雙鞋子給他穿。」

「不行！不行！謝謝老師一番好意，我們家雖然窮，日子在苦撐著，但是，我們只怕懶，不怕窮，相信苦日子是短暫的，以前，人家說我父親牛脾氣、硬骨頭，被日本鬼子抓去罰跪海蚵殼，皮都被鞭裂了，連大氣都不吭一聲，而今天，看樣子，我比我父親還要牛，雖然家裡窮，孩子多，許多人想向我要一個去養，我都加以拒絕，既然生下他們，再苦也要把他們養大，學校規定要穿鞋子，明天我一定買一雙給他。」

父親送老師走出柴門外，我才從房間裡出來，發現父親的臉上又多了一層憂慮。

果然，第二天一早，父親賣菜回來，帶回一雙膠底鞋，我拿著鞋子雀躍著，終於有鞋子穿，不會再被老師叫到升旗台上罰站了。然而，我捨不得馬上穿它，將鞋帶打一個結，掛在肩上走了三公里的路去上學，到了學校門口，才把鞋子拿起來穿，可是，當我把鞋子穿上的時候，才發現，糟糕！鞋子太小了，下午放學，我又背著鞋子回家，隔天天未亮，我隨同父親到菜市場去換鞋子，老闆從櫃子裡拿出一雙大一號的鞋子，丟在我面前：

「這一雙可以了。」

我把鞋子套在腳上，突然，我想到：今天買這雙鞋子，以後不知什麼時候才能再買，而我的腳不停地在長大，會不會很快就不能穿呢？於是，我趕緊把鞋子脫下：

「不！我還要大一號的！」

老闆先是一愣，隨後忍不住地笑了，又從櫃子裡取出另一雙鞋，我把鞋穿在腳上，嗯！是大了一些，腳趾前面有一個大空間，不過，沒關係，我可以用碎布塞進去，雖然，小腳穿大鞋，走起路來是非常的不方便，但是，心裡卻非常的滿意，因為，我不必再擔心腳長大，鞋子不能穿了。

每天，我一肩背著書包，一肩背著鞋子去上學，到了學校才將鞋子穿上，下了課，同學們都往操場上去追逐嬉戲，只有我變得很乖，除了上廁所，要不然，一直坐在座位上不敢走動，因為，我怕出去走動，鞋子容易破損。夏天，天氣燠熱，膠鞋不透氣，腳底難受無比，也其臭無比，我開始盼望天能下雨，只要天一下雨，便有大半的同學不穿鞋子上學，老師也不會責備，可以免去穿鞋之苦，何樂而不為呢？

雖然，上下學途中，我都捨不得穿鞋，可是，買了最便宜的鞋子，穿沒多久，鞋面大腳趾的地方已磨破一個大洞，大拇指跑出鞋外，我常自嘲著：開一個窗口比較透氣，比較不會臭。誰知，鞋面一破，鞋底馬上跟著磨破，於是，我要求父親再幫我買一雙新鞋，終年在太陽下辛勞的父親，總要不忘責罵一句：

「惡牛損索！」

因此，每一雙買回的鞋子，我總是穿得鞋面、鞋底皆破，而且，是破得不能再破了才丟棄。升上五年級，我被選為班長，有一天朝會，校長把我叫上升旗台當「模特兒」，拿一件絨質的套頭白上衣，要我穿在身上，原來是一件新制服，胸前有V字型的藍色開襟，布質柔軟，非常漂亮，校長要我面對全校同學，讓大家仔細看清楚，本來，這是一件很光榮的事，可是，我卻一直低著頭，因為，穿在身上的是一件漂亮的新制服，而穿在腳上的，卻是一雙開著大口的爛鞋。

民國三十八年大陸神州風雲變色，國軍退守金門，部隊官兵大都先借民房駐紮。幾百年來，金門的百姓都以地瓜為主食，來了阿兵哥，他們吃大米和饅頭，小孩子對饅頭特別喜歡，看到阿兵哥，都要齊喊：

「阿兵哥，錢多多，透早吃饅頭！」

國軍來到島上，接濟窮苦的老百姓時有所聞。有一天，一位士官長看到我穿著一雙破爛的鞋子，不聲不響地跑回連上，拿了一雙三十六號的軍用布鞋送給我。

「不！我爸叫我不能隨便拿人家的東西。」

「沒關係，俺還有鞋子穿。」

「士官長真好，我向你致敬。」

「好好唸書，將來長大投考軍校報效國家。」

雖然，士官長送給我的軍用布鞋，尺寸是大了一些，要塞更多的碎布，但比穿破破爛爛的鞋子，要舒服得太多了。一直到小學畢業，上了初中，我才買了皮鞋穿。

時代的巨輪不斷在前進，當初父親的話說得不錯，我們只怕懶，不怕窮，苦日子是短暫的，這些年來，父親每天在太陽下的血汗沒有白流，我們兄弟姐妹都在他手中養育成人，如今，家庭環境徹底地改善了，不要說買一雙鞋子，就是買幾十雙、幾百雙都買得起，可是，想不到春節前買的一雙皮鞋，竟為我帶來這麼大的煩惱。

——原載一九八三年十月七日／民眾副刊

蕃薯湯的滋味

除夕，家家慶團圓，旅居在外的遊子，從空中、從海上，像倦鳥歸巢般地紛紛趕回來。我們家也一樣，兄弟姊妹七人，有一半以上長年在台灣討生活，只有過農曆年才放下工作，攜家帶眷趕回金門團聚；除夕夜，一家大小圍在一起，席開兩桌，山珍海味，佳餚老酒，恣意地享受一個難得的團圓夜。而今年，一家人團圓聚首，酒酣身熱之際，面對滿桌雞鴨魚肉，盤盤完好如初，不由得感慨萬千。

因為，小時候家裡窮，餐餐吃蕃薯，連除夕夜都買不起豬肉，只能宰一隻自己養的土雞，到豆腐店買幾斤豆渣，拌著蕃薯粉捏成金元寶，蒸熟之後，一群小蘿蔔頭圍在煤油燈下爭食，而今，環境改變了，平時餐餐可吃雞、鴨、魚、肉，反而想喝碗香醇的蕃薯湯而不可得，因此，我覺得除夕夜一家人團聚，該享用的不是雞鴨魚肉，應該煮一鍋紅心蕃薯湯，因為，只有蕃薯湯才能喚回童年的記憶，重溫兒時的情景。

「八二三砲戰」前三年，我出生在金門島西北角臨海的一個小村落，門庭外就是金廈灣，碧波萬頃，出入廈門港的舟楫相連，只是靠金門的這一邊海淺灘闊，不利航行，幾百年來，村民靠插石養蚵和在坡地上種蕃薯，春播夏耘、秋收冬藏，過著躬耕自食的原始生活。

記憶裡，從我會爬上飯桌拿碗筷開始，餐餐都吃蕃薯，如果有什麼不一樣，只是煮法和吃法不同罷了。

蕃薯，是一種根莖類的植物，用壓條法繁殖，莖葉蔓藤繁茂，根部貯存養分，形成塊狀，含有大量澱粉，可供人畜食用。同樣是蕃薯，品種卻有別，有紅心的、黃心的、白心的……，種類繁多。一般而言，蕃薯於春末夏初壓條種植，到了秋末冬初就可採收了，薯塊有大、有小，形狀不一，大者約半公斤左右，可供人畜食用，是農村裡最普遍的作物。

金門是海島，雨量稀少，土地貧瘠，不適合種植稻米，但卻適合蕃薯生長，幾百年來是島上居民的主食；每當盛產期，也正是秋高氣爽、陽光普照的時候，耕稼人家將薯塊去皮後，切成一片片，拿到山坡上曝晒，滿山遍野白皚皚的蕃薯片，蔚為奇觀；大約要曝晒個三天才會完全乾涸，趁太陽下山之前，趕緊一片片拾回，否則，被夜露濡濕的薯片會變黑，只能供牲畜食用了。

曬乾之後的薯片，一般都會送到碾磨場，請人代工用牛拉著巨型石輪碾碎，形成「蕃薯糊」，用缸或甕貯存，冬天熬一鍋蕃薯糊粥，熱騰騰的吃起來渾身暖烘烘；同樣的，薯塊也可以去皮，用「銅搓」製成蕃薯籤，在屋頂平台或晒穀場曬乾，蕃薯籤湯清涼可口，吃起來別有一番風味。

至於一般小薯塊，大都供牲畜食用，當然，選擇較嫩的小薯塊，洗淨之後放在鍋裡熬煮，將水熬乾之後，剩下半膠狀緊貼鍋邊的薯塊，像糖蜜樣的芳香可口，令人百吃不厭。

金門不產米，蕃薯是居民主食，盛產期吃新鮮的，初春至夏末，期間不產蕃薯的日子，只有吃儲存的「蕃薯糊」了，由於貯存不易，一個不小心，龜蟲衍生，往往一鍋粥，上面漂著各種大大小小的龜蟲，小孩子看了害怕不敢吃，母親總是說：

「吃蟲才會做人，五穀蟲是乾淨的。」

然後，趕緊用瓢子將漂浮在粥上的龜蟲刮淨。有時，母親還會說：

「你們真好命，想當年，在日本人佔領金門期間，被迫種鴉片，且年年鬧飢荒，那有五穀能放到生龜蟲。」

民國三十八年以前，金門島上三萬七千餘居民，三餐均靠燒柴火煮飯，長期砍樹、耙草的結果，以致成為童山濯濯的荒島；古寧頭戰役之後，又駐進十餘萬國軍官兵枕戈待旦，部隊炊事也亟需大量柴火，因此，金防部司令胡璉將軍有鑑於島上居民以蕃薯為主食，且十餘萬軍民沒有柴火燒，又需自台省進口酒品，因此，為解決居民主食和燃料問題，增加就業機會，決定把向台省買酒的錢，改買白米，然後，鼓勵居民大量種植高粱，再以一斤白米，與農民兌換一斤高粱，高粱稈當柴火燒，並在舊金城興建酒廠製麴釀酒，讓軍民可喝高粱酒、吃大米飯，燃燒高粱桿，既解決居民主食和燃料問題，又增加地方青年就業機會，真是一舉數得。因此，島上的百姓不再餐餐吃蕃薯，但是，很多人平常還是吃蕃薯，只有年節或初二、十六犒軍拜拜，才有白米飯吃。所以，小時候，我們都盼望拜拜，可以大快朵頤吃白米飯。

唸小學時，國軍在明朝時「人丁未滿百，京官三十六」的西洪村旁，成立陸軍第三士官學校，班上許多高個兒爭相報名，就是想「當兵吃米飯」，每次他們從軍營放假回來，敘述一餐可以吃好幾鋁碗的白米飯，令班上幾個沒有一枝步槍高，徘徊在士校門外進不去的矮個子，聽得垂涎三尺。

記得他們當兵吃白米飯的描述是：頭一碗飯不能盛太滿，靜待開動命令一下，囫圇吞棗，以最快的速度將頭一碗吃完，搶著去盛第二碗，而盛第二碗飯，還得有點學問才行，因為，所謂「遛遛呷目睭」，如果看飯桶的飯量夠多，則第二碗也不能盛太滿，以便有爭取第三碗的機會，否則，第二碗就得壓滿，然後，回座位上慢嚼細吞。職是之故，怪不得過去常聽到以「飯桶」罵人，原因就在於此。

雖然，國軍為金門居民帶來米食，卻也將許多居民的蕃薯田，劃入軍事管制區，構築防禦工事碉堡，同時，炮戰期間，很多蕃薯田被對岸的砲彈炸得坑坑洞洞，良田成廢墟，加諸耕牛沒有防空洞躲，非死即傷，百姓生活依然苦不堪言。

認真說，我們家耕地本來就不多，況且在我之後，又有五個不知世事的弟妹跟著來報到，個個張嘴嗷嗷待哺；平常，家庭收入僅靠雙親種菜，挑到三公里外的市鎮販售，而種菜除了澆水，更需要施肥，豬屎、豬尿就是最佳水肥來源，想多種菜，就要多養豬。雙親眼看我們兄弟姊妹一大群，備感責任加重，為了增加收入，種更多的菜，也多養了兩頭豬，種菜澆水、施肥是雙親的事，而養豬的飼料，就有待我們兄弟幫忙張羅，因此，每當假日或放學回來，便和弟妹們提籃上山採野菜，或到田裡撿拾別人遺棄的小蕃薯。

一個冬日的午後，我和二弟提著籃子，在曠田裡撿拾蕃薯，臨近一畝蕃薯田，一個佝僂的老伯獨自吆喝著牛，將一壟壟的蕃薯地犁開，露出碩實纍纍的蕃薯塊，老伯很親切地向我們招手：

「囝仔！來幫忙撿蕃薯好嗎？撿完後，我送給你們一籃蕃薯。」

原來，老伯的兩個兒子相繼跑去軍營當兵吃大米飯，留下他一個人獨自操勞田間農事。

太陽偏西，一個下午過去了，傍晚時分，老伯從田塍上堆積如山的蕃薯塊裡，撿滿兩小籃又白、又大的蕃薯塊送我們，兄弟倆高興得又跑又跳提回家，豈料，一進門，母親看到我們撿回來的薯塊又白、又大，和以前的不一樣，二話不說，拿起棍子直往我們兄弟身上抽打，邊打邊罵：

「細漢偷摘葫，大漢偷牽牛！」

只見亂棍像雨般地落在我們兄弟身上，皮肉疼痛之餘，我們哭了，母親也哭了。我和弟弟淚眼相對，猜不透到底作錯什麼事挨打，哭了一陣子之後，母親似乎愈想愈氣，又撿起丟在地上的棍子，亂棍再次像雨般地落在我們兄弟身上：

「好囝好迌迌，歹囝不如無！窮無窮種，富無富栽，我希望你們將來歹竹出好筍，想不到你們偷挖人家的蕃薯，快從實招來，到那裡偷挖的，我好去向人家陪罪！」

天呀！原來母親認為別人採收完後的曠田裡，怎麼可能撿到又白、又大的蕃薯，莫非是偷懶，惡向膽邊生，幹起小偷來了，將來怎麼了得？經我們說明原委後，母子三人相擁而泣，這是母親第一次打我，也是唯一的一次。

又有一次，頂著瑟瑟寒風，和弟弟縮著身子，同樣在曠田裡尋找別人殘留的小薯塊回家餵豬，一塊地尋找過另一塊地，當我們路過一畝蕃薯田時，遠遠地，一個壯漢吆喝著，催我們快離開，不能偷他們的蕃薯，膽小的弟弟經他這麼一吆喝，嚇得拔腿就跑，邊跑還邊嚷著：

「哥！快逃呀！不然回家會被打死！」

「不要跑！不要跑！我們又沒偷，為什麼要跑？」

那個壯漢看到弟弟拔腿就跑，認定我們已偷了他的蕃薯，說時遲，那時快，像一陣風似的已追到我們身旁，一陣斥責之後，籃底一些如雞蛋般大小撿來的小蕃薯，被他強行取走，我們提著空籃哭回家，母親不但沒有責罵我們，反而安慰我們：

「做任何事，只要對得起自己的良心，不要管別人用什麼眼光看我們，讓別人欺侮沒關係，不能欺侮別人。」

的確，種菜還好，碰到下雨天可以不必澆水，而養豬就不同了，即使是逢年過節，依舊是照常要餵食。記得那是農曆正月初九「天公生」，家家戶戶敬天拜神，舞龍舞獅、鑼鼓喧天，鐃鈸聲不絕於耳，尤其是小孩子，人人和過新年一樣穿新衣、放煙火鞭炮，而只有我們家，眼看著豬欄裡即將出售的豬隻快沒飼料了，於是，和弟弟挽著籃子上山撿拾蕃薯，大概是夜裡下過一場雨，許多埋在泥土裡的薯塊經雨水沖刷現形，我們輕易地撿滿一籃蕃薯回家。回到村子裡，一群正在玩陀螺的小孩將我們攔下：

「來，讓我們檢查一下，看是否有偷挖別人的蕃薯？」

只見大夥兒一擁而上，將籃子裡的蕃薯倒在地上，有的將籃子踢開，有的將薯塊丟得老遠，然後，一哄而散，留下我和弟弟在那兒撿拾散落一地的蕃薯塊。回到家裡，母親沒有去找人興師問罪，她安慰我們：

「舉頭三尺有神明，被別人欺侮沒關係，老天會補償我們。」

這些年來，我們兄弟姊妹，時時秉持母親的教誨，在茫茫人海中，歷盡多少艱難險阻，但不論從公、從軍、經商或習醫，個個刻骨銘心那段撿拾蕃薯的慘淡歲月，忍辱奮勵前進，努力不懈。

時光荏苒，歲月如矢，轉眼之間，童年時光已消失得無影無蹤，儘管，小時候燒土窯烤蕃薯的情形在腦海仍歷歷如繪，然而，隨著教育普及和環境變遷，農村人口大量外流，田園漸蕪，昔日處處薯浪翻風，以及山坡上那一片片皚皚白雪般的晒薯片情景，只能在夢裡去追尋了。而每次倦遊歸鄉，我最想吃的，不是雞鴨魚肉，而是一鍋紅心蕃薯湯，那香醇的滋味。

——原載一九九一年六月廿六日／浯江副刊

細說前塵事

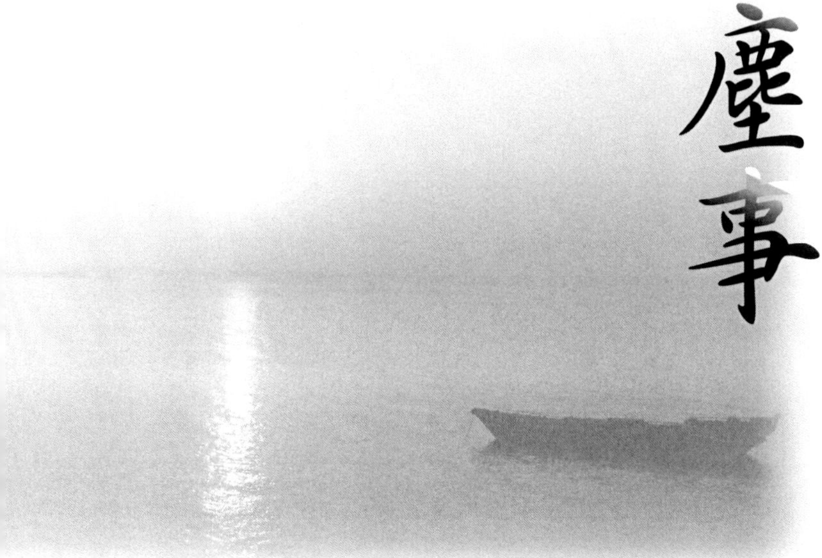

呼喚

早餐時，妻撫著孕婦裝裡鼓鼓的肚子，噘起小嘴說：

「肚子怪怪的，好像有點疼。」

我趕緊放下碗筷，嚥下咀嚼的饅頭，問她：

「有沒有關係，要不要上醫院檢查一下？」

「不用啦！前幾天才檢查過的，也沒有什麼異樣，大概是受了一點風寒，或許，喝碗熱湯，休息一下，待會兒就會好的。」

妻說著，又露出平日那份輕鬆和愉悅的表情。

我再度捧起碗筷，一邊喝著稀粥，心裡一邊暗忖著：妻自有喜以來，便遵照醫師的指示，定期前往醫院作產前檢查，七個月來一切正常，雖然，肚子怪怪的，好像有點疼，但是，距預產期尚有段時日，應該不會是即將分娩的徵兆，何況，妻說著，又露出平常那份輕鬆的表情，也許，真的只是受了風寒，應該沒有什麼關係才是。

吃過早餐，時間也不早了，我載上安全帽，踩動摩托車引擎去上班。梅雨的季節，雨，就像愛哭的小孩一般地喜怒無常，動不動就嘩啦嘩啦地落個不停；妻看我又忘了帶雨衣，趕忙把雨衣交給我：

「哪！看你總是懶得帶雨衣，每次路上遇雨淋得一身濕。」

妻佇立在門庭前，我從她手中接過雨衣袋，臨行前，向她揮了揮手，並囑咐她：

「如果肚子再不舒服，趕快撥電話給我。」

摩托車沿著料羅灣畔蜿蜒的水泥路面前進，夾道蒼鬱的木麻黃外，一邊是湛藍的大海、一邊是綠野香波，尤其，雨後乍晴、晨曦初露，隨風搖曳的高粱苗更顯得翡翠、亮麗，映在眼簾裡，令人備感渾身舒暢。約莫十分鐘的光景，轉了個彎，便爬上山崗上，踏進工作室裡，面對著又是一天製版分色、沖片的工作。我啟動照相機電門，開始在暗房裡摸索，零光下也不知時間過了多久，忽然有人急促地敲門，喊我聽電話。

我關掉電源，握起電話聽筒，只聽到：

「你……你快……回……來！我……」

是妻的聲音，斷斷續續的，而且還在抽泣著。

「喂！妳趕快在門口先叫部車子去醫院，我馬上回來！」

我大聲地喊著，卻聽不到回答，只聽到電線的那一端，傳來一陣又一陣地沙沙聲響。

放下電話聽筒，我知道事情不妙了，妻雖生長在富裕的家庭，從小就像溫室中的花朵備受呵護，卻不嫌棄我是鄉下窮小子，自嫁入我們家門之後，不管遇到再繁重的家務，也從不叫苦、叫累，偶而有一些小傷痛，更是咬緊牙關，不吭一聲。而今天，很顯然的是非比尋常。於是，我立即向長官告假，跨上摩托車，加足油門飛奔回去。

到底發生什麼事呢？一路上，我不斷地思索著，妻自懷孕以後，便去劃撥許多有關孕婦和育嬰保健的書籍，藉以注意飲食、起居，宜多攝取什麼食物，該如何適量運動、充分休息，才能裨益於胎兒的成長。曾經，不小心著涼感冒了，也任鼻水直流、長夜咳嗽，只大杯大杯地喝開水，自己忍受痛苦，就是不肯吞服藥丸，深怕藥物損及胎兒的正常發育。

而且，平常沒事的時候，盡找些銀色畫報看、聽些輕鬆的音樂，念茲在茲地，就是盼望胎兒能潛移默化，塑造出溫馴的個性和美妍的容貌。甚至，守在蚵村的母親，她老人家也一再叮嚀，有了身孕，屋裡的一切裝潢陳設，不得任意搬動，以免動了胎氣，如果非去搬動不可，也要選個黃道吉日，或是央人先繪張安胎符貼一貼。雖然，類似的叮嚀誠屬無稽之談，可是，所謂「不怕一萬，只怕萬一！」為了胎兒的安危，也只好暫且迷信，寧可信其有，而將母親的叮嚀時刻奉為圭臬，凡事不敢輕舉妄動。隨著夏天腳步的前移，預產期一天天的接近，企盼寶寶來臨的心情，如同發高燒口中的水銀柱，直線地上升。

胎兒的律動，是母親的喜悅，妊娠五個月之後，胎兒便開始有節奏性地顫動。就像昨夜臨睡前，我還斜靠在床頭看古典章回小說，妻卻在一旁嚷著：

「你聽聽胎音，那麼美妙，我猜大概是男的，才會跟你一樣調皮，經常拳打腳踢，沒有幾時歇著。」

我闔起書本，高興得握緊妻的手：

「男的才好，長男長孫，頭一胎就添個壯丁，抱孫心切的老人家，該將有多高興！」

「當然啦！男孩更好，女孩也不錯。這年頭，少年夫妻老來伴，我們不要有重男輕女，養兒防老的舊觀念才好。」

「好啦，如果是男孩，將來我希望他是記者或作家，秉春秋之筆，嚴善惡之辨，寫下千古不朽的作品。」

「哈哈！人家都鼓勵孩子去攻資訊或學財經，最好還是去唸醫科，除了救人，且可日進斗金。當什麼作家，自古文人最不值錢，像你常常連著幾天熬夜，好不容易寫出來的一篇稿子，投寄出去也不見得有人要，就算能幸運被編輯青睞刊登出來，那麼一丁點嘔心瀝血的稿酬，還要課稅，但願孩子不要像你那麼傻才好。」

「不！不！我不鼓勵孩子去賺大錢，雖然，這是一個功利社會，金錢萬能，不過，我不希望孩子盲目地趕時髦，只希望他能自由自在地發揮聰明才智，貢獻國家和社會。」

「對了，如果是女孩，將來我希望她是個服裝設計師。」

「哈哈！那不是『五十步、笑一百步』嗎？許多當媽媽的，都鼓勵女兒去學唱歌，收入日以萬計，又可以當星媽，跟她到處風光，搞服裝設計和寫文章，還不是一樣沒有保障，壞的作品沒人要，好的作品自己尚未大量發行，街頭巷尾仿冒的已經一大堆了。」

「算了！算了！我才不要女兒去唱歌出風頭，女兒遲早要嫁人，我只希望她將來是人家的賢妻良母，如此而已。」

說著說著，不知不覺中睡著了。一覺醒來，天色已亮，起床之後，妻在廚房裡準備早餐，我則到院子裡澆澆花，掃掃落葉。每天天一亮，我總高興著當爸爸的腳步，又向前邁出一大步。

可是，現在妻究竟發生了什麼事呢？平常，她要我安心地上班，家裡的大小瑣事，自個兒處理得有條不紊，而此時此刻，竟急電促我快返家，莫非肚子疼得把持不住。想到這裡，我情不自禁地把油門加到底，車子像匹脫韁的野馬般轟隆轟隆地奔馳著，為了想早一秒鐘見到妻的危急情況，也顧不了自己騎快車有多危險了。

回到家門口，我把車一擺，直衝二樓房間裡，只見妻躺在床上掙扎著，額頭上的汗珠，像一顆顆玻璃球在滾動，焦慮與茫然的眼眶裡，閃爍著晶瑩的淚水，看到我回來，緊緊地抓住我的手：

「喔，一陣……又……一陣的……疼，實在……受不……了……」

我愣住了，就在衝進房間的剎那，彷彿一腳沒踩穩，栽了個大觔斗，掉進幽冥的萬丈深淵，眼前一陣暈眩，茫然而不知所措，半晌之後，才逐漸地清醒過來，發覺妻在那兒痛苦地掙扎著，我伸過手去拂拭妻額頭上滾動的汗珠；霍地裡，我將她從床上抱起，直奔大門外，招了一部計程車，火速馳往醫院。

醫生診斷後，囑咐護士小組：

「快送產房，馬上要臨盆了。」

透過廣播，值班工友很快地抬來擔架，迅速將妻送進產房裡，醫生也趕來了，助產士把門一關，門上亮起紅燈，把我留在寂寂的長廊上等待。

等待，就像一根長長的芒刺，深深地插在背裡拔之不去。記得小時候，家裡窮，連過新年都穿有補丁的衣服，每每是玩伴們嘲笑的對象；有一年，家裡賣了豬，爸為我買了一套黃卡其新衣，大年夜高興得睡不著，半夜裡起床，等待天亮好穿新衣，好去向玩伴們炫耀，這是等待，漫漫長夜的等待。

同樣地，長大後，有一回從高雄搭登陸艦回金門，海上遇到大風浪，四十幾個鐘頭的顛簸，暈得把膽汁吐光了，差點連胃都給嘔出來了，好不容易船抵料羅灣，卻偏偏又適逢落潮，扶立在艦舷上眼巴巴地望著金門島，晃呀晃地等待漲潮才能搶灘。

然而，身體髮膚的痛苦折磨，猶能忍受，而此刻，隔著一扇門；門內，妻懷著差三天才滿七個月的身孕，在裡面待產，生死關頭、安危莫測；門外，我一顆緊張等待之心，豈止如承刀割？

寂寂地長廊，一端銜接剛剛落成的病房，一眼望過去，白色的牆壁，白色的燈光，顯得是那麼地冷清與肅穆，我不停地踱著方步。也不知是什麼時候，身後圍著幾個病患家屬，吱味喳喳地，不曉得他們是好奇前來湊熱鬧或是同情前來關懷，只是，我覺得他們離我好遙遠、好遙遠。因為，我的一顆心，早已緊緊繫在妻兒生命安危之上，那份焦慮期盼的心情，逼得我全神貫注的去聆聽著產房裡的動靜，再也無暇去理會他們了。

我很焦慮，心裡默默在祈禱。彷彿過了一個世紀之後，忽然，從產房裡傳出一記尖銳的娃娃啼哭聲，劃破了長廊的沉寂，不覺心頭一震，胸臆間頓覺舒暢不少，因為，嬰兒能哭，表示還活著，莫非是提早來到人間，讓我升格做爸爸了？

等待著，等待著。終於，助產士抱著嬰兒出來了，大概是恐怕病菌感染，未等我瞧個仔細，便匆匆地走進嬰兒室裡，仍留給我一團疑惑和不解。

醫生也出來了，我欲趨身向前詢問，他卻先開口說了：

「你是林先生吧？」

「是的，請問……？」

「噢！是個女娃娃，不過太早產了，才一千兩百五十公克。」

「會不會有危險？」

「如果在臺灣設備完善一點的醫院，多花些錢，是不成問題的？」

「那麼，拜託大夫幫個忙，設法將她轉院後送臺灣，只要能救活，花幾十萬我也在所不惜。」

「可是，這裡是金門，海天阻隔，交通就是一個大問題，何況，早產兒由於發育不全，將來也許還有併發症，譬如眼睛看不見或是耳朵聽不到。還年輕嘛！看開一點，把希望放在下一胎，好好安慰你太太。」

是的，這裡是金門，海天阻隔，交通就是一個大問題，沒有救命直昇機，也沒有民航班機，離島病患靠每週一架次軍機協助後送台灣就醫，只有祈求奇蹟出現和神明保佑了。

這時，妻躺在擔架床被推出來了，看到我，淚水馬上從眼角滾了下來，又緊緊地拉住我的手：

「孩子怎麼樣？」

往者已矣，來者可追。我想，此時此地，無論如何，也不能讓妻傷心落淚，於是，我趕緊強作笑顏，笑嘻嘻地回答她：

「很好，是個女娃娃，在保溫箱裡，就等著妳把她培養成服裝設計師。」

午後，妻睡著了，病房裡一片寂靜，枯坐在病床邊，回憶的小河隨著妻均勻地呼吸聲，在腦際裡盪呀盪的，想著過去，想著孩子的未來，而沒有發覺護士小姐已躡手躡腳地進來了，輕輕往我肩上一拍，在耳畔低聲地說：

「請你到嬰兒室一趟。」

護士小姐說完，頭也不回地轉身便走，尤其，是她那一臉凝重和神秘的表情，讓我已發覺氣氛不對勁了，立即隨她走進嬰兒室裡，只見保溫箱透明的玻璃下，一雙小小的手、小小的

腳，在燈光下微弱地蠕動著，醫生不斷地幫她做人工呼吸，站在一旁的護士小姐偷偷告訴我：

「呼吸愈來愈差。」

佇立在保溫箱前，我的心在泣血，面對著在生死邊緣掙扎的女兒，卻不能給予一絲一毫的幫助，眼睜睜地看著她呼吸愈來愈微弱，手腳蠕動愈來愈遲鈍。雖然，醫生再三幫她做人工呼吸，可是，最後仍一動也不動地躺在那兒，醫生宣布藥石罔效，就在拔去氧氣管的瞬間，我的鼻頭不禁感到一陣酸楚，一串串滾燙的淚珠滑過雙頰，落滿衣襟。

我不忍讓妻知道這個不幸的消息，低著頭慢慢地走出地下病房的通道，推開紗門，晚霞的餘暉正掠過遠處木麻黃的尾梢，無羈地灑在臉上，一陣涼風吹過來，我揉了揉眼睛，彷彿惡夢乍醒，一身冷汗，頓覺生命來去之間，就是那麼地虛無飄渺。儘管，一水之隔，有幸生活在金門這塊民主自由的樂土，我們沒有實施一胎化，沒有溺殺女嬰；儘管，我有足夠的經濟能力，不惜任何代價救她，卻仍換不回人間骨肉離散的悲痛。七個月的希望和喜悅，就像一場夢，夢醒了，親朋好友殷切期盼來臨的人兒，已去到那個不可知的世界，消失得無影無蹤。

我不禁想奔向原野，爬上山巔，大聲地呼喚：

「回來吧！我的女兒！」

「回來吧！我的女兒！」

——原載一九八四年八月三十日／自由副刊

暫且迷信

紅蛋與麵線

有一天清晨，天濛濛亮，村子裡報曉的雞啼聲，仍此起彼落、遠近雜沓地交織著；我和往常一樣，挑起水桶，逕往菜園裡去澆水，一路上，濃霧瀰漫，能見度很低，十多公尺外的景物，依然是一片朦朧，無法看清楚。

我撥開濃霧，沿著蜿蜒的田間小徑走去，走著走著，不自覺地順口哼起歌兒，雀躍著這又是一個充滿希望和喜悅的開始，於是，腳步便輕盈起來，愈走愈快，不知不覺中，走到一邊是蔓草叢生的荒塚山丘，一邊是比人還高且碩實纍纍的玉米田畔，忽然，一絲悽哀刺耳的呻吟聲，穿進我的耳膜裡，恍惚間，我誤為是耳朵的錯覺，沒有多加理會，依舊踏著快步、哼著輕歌，豈料，走了沒幾步，又是一絲刺耳的呻吟聲，我趕緊停下腳步，試著證實自己的耳朵，想聽清楚呻吟聲的方向和距離。

我停下腳步，仔細地聆聽著，只稍一頓足的工夫，又是一聲更悽哀、更刺耳的呻吟聲，劃破了清晨的靜謐。不錯，千真萬確，這是一道危急的呻吟聲，而且，好像是女人的呻吟聲，只是，我被呻吟聲給愣住了，一時渾身感到不寒而慄，毛骨悚然，大腿更是不停地抖動著。

還好，我沒有暈倒或被嚇得大哭大叫，雖然，濃霧瀰漫，視野茫茫，進退失據，但是，本能地自衛警覺性啟動，我毫不考慮地，趕緊放下肩上的水桶擔，雙手緊握扁擔，眼觀四方、耳聽八方，做出各種隨時可以保護自己的最有利姿勢。

這呻吟聲到底是人？或是傳說中那種面目猙獰、髮長披肩、張牙舞爪的女鬼？我心裡開始揣測著——假如是人，這女人必定面臨某種無可抗拒的力量或生命垂危，否則，不會發出如此悽哀刺耳的呻吟聲，會不會是正遭歹徒欺侮呢？如果是，歹徒一定持有凶器，而區區弱小的我，此時此地，能救得了她嗎？假如不是人，是女鬼，那麼，朝哀鳴聲走去，不是等於自找死路嗎？想到這，心不禁打了一個寒顫。

我遲疑著，然繼之一想，不可能，這絕不可能，在這治安一向良好、民風純樸的金門，軍民同島一命，情感血濃於水，大家有一個共同的願望，便是防止敵人進犯。因此，我敢保證，生活在這島上的男人，不會有人做出那種欺侮婦女的可恥行為，何況，就算不幸出了這麼一個喪心病狂，我看到了，也不能等閒視之，見死不救呀！至少，我手裡還持有一把足以一拼的扁擔。再者，至於女鬼，那更是迷信的作祟，誠屬無稽之談。

想著想著，忽地裡，我從斷斷續續地呻吟聲中，聽出了方向，便不管三七二十一的飛奔過去。

「救命啊！」

我大聲地呼喊著。我來到一口古井，井邊斜躺著一雙乳白色的女鞋，呻吟聲就從井底傳出。我爬到井檻，向井底窺探，只見幽暗的井底水面，波光盪漾，一叢黑黑的頭髮在載沉載浮著。

——是阿珠。

我睜大眼睛，看清楚了就是村子裡，那個喜歡留長頭髮的阿珠，平常，她也一大早就上山到菜圃裡澆菜，再去街上做洋裁，而今天，不知怎麼搞的，竟跌落在井底掙扎著。

正巧，不遠處有兩位國軍戰士路過，聞聲趕到，才於千鈞一髮之際，合力將阿珠救起。把阿珠從井裡拉上來之後，發現溺水的情況並不嚴重，也沒有暈厥或休克等現象，似乎落水的時間不久，並無立即生命危險，只是阿珠不停地嗚咽哭泣著，送她回家休息，我也逕往菜園澆水了。

近午時分太陽中掛，澆完菜後回到家裡，一跨進大門，媽便指著客廳，告訴我桌上蓋有一碗麵線和兩顆紅蛋，是給我吃的。

「媽！今天誰生日？」

「不是生日啦！你剛才救人，要吃紅蛋和麵線才能改運，以後才能長壽。」

「什麼？救人一命，不是勝造七級浮屠嗎？這麼好的運，為啥要改？」

「我也不曉得，是剛才阿水嬸和阿義嫂她們紛紛議論，說什麼閻王爺要阿珠的命，而你竟把她救回來，這樣會觸怒閻王爺，所以，阿珠的祖母特地煮了這碗麵線和紅蛋，就要讓你改運，讓你長壽的嘛！」

「媽！這是迷信，現在科學文明，我們不應該再迷信。記得今年過年時，我陪您上太武山到海印寺燒香，那位法師不是曾勸人為善，他說人的壽命雖早有一個定數，但是，只要做了好事，神靈會保佑、添福壽；假如是心懷不軌做壞事，將會減少歲數，再說，我總不能見死不救啊！」

「唉啊！你這孩子，人家是好心好意的，煮來要給你吃，你吃下就對了，講那麼多幹什麼？」

這是迷信，我心裡不斷地吶喊著，無論如何，這是迷信，我不能吃下這碗麵線和紅蛋，因為，如果我吃，我就是迷信；如果我不吃，我就不迷信，可是，當我翻開碗蓋，一碗熱騰騰、香噴噴的麵線，薰得我垂涎三尺，尤其，在田裡忙了一上午，早已飢腸轆轆，我想，此刻，不吃白不吃：就讓我暫且迷信，先吃下這碗麵線和紅蛋再說吧！

子不語：怪、力、亂、神

租妥房子，該粉刷的粉刷，該貼壁紙的貼上壁紙，使原本滿是灰塵和錯綜蜘蛛網的空房間，頓然氣象一新，變成一間清淨幽雅的臥室，擺了一張上下層的木床，大愚、阿福、林中和我，我們四個同事，就這樣準備住下來。

隔天一早，大夥兒興匆匆地從家裡帶來寢具和衣物，正要搬進房間裡時，剛好被住在附近的一個村民看見。

「啊！你們要住這間房子嗎？」

只見他露出一副疑惑和充滿神秘的臉色。

「怎麼樣，不可以呀！」

林中開玩笑似地回答著。

「不是不可以，是這間房子……唉！還是不要說好。」

他說著，便拂起衣袖，一轉身便要離去。

「到底怎麼樣，你說嘛！」

「這間房子呀！哈！其實也沒什麼，只是曾……。」

經他這麼一說，我發現其他三位合租同事的臉上，馬上起了各種不同的表情，其中，以一對大眼睛風靡不少女孩的大愚，那炯炯有神的憤怒狀，似乎是代表無言的抗議，好像是說，你不應該在這個時候講這種話，而林中則處之泰然，一點也無所謂的樣子，倒是平時膽小如鼠的阿福，臉色突然變青，連忙表示：

「我最怕那個，你們住好了，我花出去的錢也不要了，還是每天來回擠公車。」

「所謂『福地福人居，福人居福地』，有什麼好怕的，只要我們平時不做虧心事，心正就不怕邪。」

「其實，也沒有什麼好怕的，只是知道有那種事情，住起來心裡會怪怪的，晚上會睡不著，而睡眠是恢復疲勞的最好方法，因此，我還是辛苦一點，回去睡個痛快。」

「既然阿福宣布棄權退出，我也不住了。」

大愚緊接著阿福之後，也宣布退出。

「花了那麼多錢，忙了那麼多天，就這麼一句話，就使大家信心動搖，不怕被人見笑嗎？以前，我在醫院裡工作，和一位同事睡在舊病房的舊病床，那舊病房裏不知死過多少人，記得我睡頭一晚，半夜睡夢中見到一個著白色的衣裳、長髮披肩渾身濕漉漉的年輕婦人，睡在我旁邊，驚醒來時一身冷汗，事後，我也不曾把睡夢中所見告訴任何人，不料，隔天有一位老工友指著我睡的那張床，曾死過一個長頭髮、穿白衣跳井自殺的年輕婦人，雖然，一時被嚇得目瞪口呆，但是，我仍繼續的睡下去，直到一年多後離職，平安無事。」

林中畢竟膽大心細，他是一個什麼都不信，只信自己的人，他接著說：

「是的，只要我們心裡沒有鬼，不就能心安嗎？」

「這樣好了，大家忙了好幾天，也夠辛苦了，今天我們這個『喬遷之喜』，去買些橘子和餅乾，順便買對香燭，拜一拜地基主，祈求大家平安。」

接著，「財務大臣」大愚已從口袋裡掏出一張百元大鈔：

「好！就這麼決定。」

就這麼一決定，大伙兒一住三年多，大家仍平安無事。子不語：「怪、力、亂、神」，回想當初，要不是當時三炷「暫且迷信」的清香，也許，房子租不成，還要白白浪費不少人力和金錢，而且，說不定到今天，大家心中仍有鬼哩！

親情

清晨，媽便守在飯桌旁，要我及弟妹們，每人至少都要吃一碗稀飯。

「媽，我不吃稀飯，喝杯牛奶就夠了。」

「不行，前天我到廟裡燒香，特地祈了一點香灰，難得今天星期天，你們都回來，我把它放在稀飯裡，就是要閤家吃平安。」

「媽！這是迷信，現在科學發達，醫學進步，我們不應該再相信香灰了。」

本來，我想藉題發揮，好好適時為母親大上破除迷信的一課，可是，當我抬起頭，發現她老人家原有歡愉的臉色，頓然消失，取代而起的，是失望與無助的眼神，於是，我趕緊低下頭，盛下一碗稀飯，閉上眼睛，大口地吃完它，因為，我想，就算再「暫且迷信」一次吧！

——原載一九八三年二月十六日／浯江副刊

冤家宜解不宜結

掛上電話聽筒，腦海裏一片茫然，耳邊不斷地迴盪著，話筒傳來的最後那句話：

「上午十點正，麻煩你來一趟警察所。」

我摸摸腦杓疑惑地想，向來，我盡應盡的義務，享應享的權利，生活在民主自由的樂土，能自由自在地選擇喜歡的職業，看喜歡的書，平日快樂得像一隻小鳥，無羈地在藍天悠遊翱翔；近些日子，我騎機車攜帶應有的證件，遇白線我都停車再開，不超速、不超載，更不曾酗酒鬧事、賭博或有其他為非作歹、作奸犯科的行為，痴長了二十幾年沒進過警察所，我沒有前科，警察傳喚我作什麼？因為，被警察所傳喚，如同被法院傳喚一樣，八九不離十總不會有好事的，心頭不禁為之怦然一震。可是，事到臨頭，逃避豈能解決問題？好歹也得先將實情稟報主管，請個假去一趟警察所。

冬天和煦的陽光，顯得特別可愛，暖暖地灑在原野上，出土的麥苗恰似一塊塊絨布，整齊地平貼在地面，清新、鮮綠。一路上，蘭湖畔的垂釣客，田疇間低首囓草的牛隻、羊群，這都是最好的攝影題材，在泥土裡長大的孩子，目睹沿途美麗的田園風光，顯得那麼親切，假若換作是平常，我將好好地將他們攝入簾幕，可惜，此刻的心情，我卻異常冷漠地不屑一顧。剛拓寬的環島北路，寬敞又平坦，我聚精會神地控制機車油門，委實無心去欣賞沿途的美景了。

是的！電話中「麻煩你來一趟警察所」，所指的警察所，正是童年打赤腳、坐第一排，唸小學三年級的那間教室，尤其，靠前門的那個玻璃窗，留給我的記憶特別深刻，記得有一天晨間打掃環境，推窗子不小心打破一塊玻璃，砰的一聲，同學們都圍過來看熱鬧，在人叢中我哭了，因為，按照規定損壞公物，應照價賠償，我向父親要十二元，遭到一陣責罵：

「十二元！我要賣兩擔菜！」

母親偷偷拿錢給我，安慰我：

「以後做事要小心。」

踏出學校大門二十多年了，校舍是改變了，扶疏的花木依舊臨風搖曳，向我伸出歡迎的雙手。對了，防空洞邊的那棵石榴，曾經由我負責澆水，冷風中黃葉雖已凋落，枝幹卻屹立挺拔。夠了，就這麼一株石榴，讓我找回失去的童年，還奢求什麼呢？

進了警察所，值勤台前坐著一位中年警伯，露出潔白的牙齒和一張盈滿笑意的臉。

「有事嗎？」

我脫掉頭上的安全帽，打了個鞠躬禮。

「請問王警員在嗎？」

「噢！我就是。」

王警員連忙自值勤台起身，從辦公桌拉出一張椅子，順手掏出香煙遞了過來。

「謝謝您，我沒有抽煙。」

「你請坐。」

「謝謝您。」

我在椅子坐下，就像二十年前，坐著看黑板聽老師講課一樣，只是黑板不見了，那是一排公文保險櫃。我回過頭，看看昔日「學生作品欄」已不存在了，只見雪白的牆壁上，排著幾頂警察的大盤帽，我不能再像二十年前一樣嘻嘻哈哈，面對著警伯，所感觸到的，不是同學們天真無邪的歡笑，內心裡有一種落寞與孤寂的感覺在滋長。

王警員也坐了下來，順手拉出抽屜，拿出一疊紙，上面密密麻麻的寫了十幾二十幾行字，字尾依稀有一處明顯的紅色的痕跡，像是私章印，卻又像是拇指印。

「是這樣啦！昨天有一位何姓婦人，說你用照相機偷拍了她，哭著要你賠償，還指出一位張姓和王姓的證人，當然，我不能聽她片面之詞，今天請你來，就是希望能深入了解這件事。」

「我的天！」

我吁了一口氣，原來是這麼一回事，村子裡那位迷神信鬼的婦人，明明是六月天熱得半死，門窗都關得緊緊的，怕妖魔鬼怪入侵，每天天未黑，就捧著冥紙，在房舍四周東燒一堆、西燒一堆；更怪異的是，經常藉故與人發生糾紛，只要三句話不合，就先動手糾纏扭打，事後聲稱流產，要求賠償，所謂「街路人驚呷、鄉下人驚掠」，許多村婦都很怕她，人人敬而遠之。

「噢！請問王警員，您能不能再將何婦的控告，說清楚一些？」

「事情是這樣啦？何婦昨天哭著說：你是男人，怎可用照相機隨便拍她，要求你賠償，否則，她指出兩個在場證人，要告你侵犯自由，對啦！你為什麼要照她的相？」

「她也不是模特兒，我的底片也需要花錢買的，筆錄中的那兩個證人，是她的親戚，根本不在現場，這是誣告……。」

據說，血型O型的人，個性比較暴躁，或許，我的體內正流著該型的血液，因此，面對著捏造的偽證和指控，胸臆間頓覺一股憤恨之氣不斷往上衝，怒火開始燃燒，原本大嗓門的我，一時講話的聲音失去了控制；但當我抬起頭，面對著和藹的王警員，趕緊羞赧的低下頭，因為，他又不是何婦，我幹嘛對他那麼大聲呢？就算他是何婦，也該好好講，畢竟，大聲除了是火上加油、雪上加霜，豈能解決問題？而坐在一旁的王警員，卻像老僧一般入定，對我突來的怒氣，在他看來，似乎是人之常情，見怪不怪了。

「事情經過的情形是這樣，上星期天，我載朋友到民俗文化村，去拍些傳統的建築物，回家吃午飯快抵家門時，發現何婦揮舞著掃把，一邊罵、一邊欲追打唸國中一年級的弟弟，我本能地停下車，將何婦用掃把欲打人和罵人的鏡頭拍下。弟弟……」

我一邊說，王警員發現進入狀況了，便從抽屜取出一疊筆錄紙。

「這樣好了，按照規矩，我們也得做一份談話筆錄，請你把身分證給我好嗎？」

我從上衣口袋裡，拿出身分證交給王警員，僅見他將我的姓名、籍貫、年齡等填寫在筆錄紙上，接著問我：

「你和何婦以前有沒有瓜葛？」

「在她家的斜對面，遠去南洋的親人，有一間房子託家父代管，『八二三炮戰』時，為對岸共軍砲火所毀，在『中國大陸救災總會』的補助下，我們將它修繕完成，目前是暫時沒人住，僅儲藏農具和農產品，而住對面的何婦，經常趁人不注意的時候，將她家門口的垃圾，偷偷掃到那間房子的門口埕，每次村公所人員來檢查環境衛生，我們家總要遭受責備，因此，為了這事，兩家曾發生過口角。」

「那她為何打你弟弟？」

「經過事後瞭解，學校放寒假嘛，唸國中的弟弟到那兒溫書，正好又看到何婦將垃圾掃下來，便出面干涉，何婦惱羞成怒、破口大罵：『你這夭壽死囝仔，沒命填海』。弟弟回應她，說她的孩子，才是夭壽死囝仔，便遭何婦追打。」

「你弟弟有沒有被打到。」

「沒有，小孩子跑得快。」

「那你照片洗出來了沒有？」

「還沒有，好像有六、七張，包括揮舞掃把欲打人的動作，以及現場掃下的垃圾。事實上，拍這些照片，可以說是事出偶然的一種採證行為，並沒有當證據控告她的意思，想不到真的是『惡人先告狀』，我沒有告她，她反而先控告我偷照她的相？」

「好啦！何婦是我們這兒的常客，她的情況我非常瞭解，同時，你也是唸過書的人，比較懂理，不要同她一般見識，所謂『遠親不如近鄰』，因此，我希望你能委曲一點，讓這件事能和解，你認為如何？」

「我當然願意和解。」

「這樣好了，後天，我把何婦找來，讓你們面對面，把事說清和解，好不好？」

「能不能利用星期天或晚間，因為，我不願自個兒的一點小事，一再地請假，影響我應該上的班。」

「就這麼決定，星期天上午十點，你再來這裡一趟。」

我在談話筆錄上捺下拇指印，走出警察所。

等待，等待的日子像一條蟲爬在心窩。

終於，星期天在等待中來了，我在十點之前趕到警察所，沒想到何婦卻在十點半之後才姍姍來遲，由其胞弟陪同，一進門便開始一把鼻涕、一把眼淚，一副委曲傷心的樣子。而王警員卻很客氣地安慰她：

「不要哭，有什麼話慢慢說。」

「還有什麼好說，反正他是男人、我是女人，沒經過我同意，擅自照了我的相，要賠償我的損失就對了。」

何婦說著說著，偷偷地瞄了我一眼，發現我仍坐在沙發上看報紙，而王警員似乎沒有要求我賠償的樣子。

「不賠償，也要公開認錯道歉。」

「坐下來慢慢說，好不好？」

「你要主持公道，不賠償，也要叫他登報道歉，不然，我要回去了，沒有時間坐，我要回家飼豬了。」

何婦發現王警員不動如山，似乎沒有要求我賠償的意思，扭著身子說走就走。

我看看腕錶，時間已近十二點，王警員對我露出無奈的眼神。

「惹熊惹虎，不要惹到赤查某。」

我從沙發上坐起來，握住王警員的手。

「看來，願息事寧人，恐怕還不容易解決。」

「沒關係，對待這種不講理的人，我們需要的是冷靜，憑這幾張相片及偽造的證人，認真辦起來，足足要叫她吃不消，不過，打官司只是治標，解決不了根本上的問題，而我們追求的是一個和諧的生活，你也明白，何婦是我轄區裡最頭痛的問題人物，我們一直希望用愛心，讓她明瞭敦親睦鄰、守望相助的道理，好啦！你先回去，改天再聯絡，我有信心將這件事圓滿解決。」

「謝謝您，那我先回去。」

王警員送我走出大門後，還頻頻地安慰我：

「吃虧就是占便宜，年輕人要走的路，還很遙遠，不要跟她一般見識，鬥智不鬥氣，我們要想如何來開拓遠大的前途，施展胸中的抱負，用我們的智慧和體力，來為地區、為國家貢獻自己的力量。」

還沒有到過警察所，印象裡一直覺得警察是沒有人情味的，到過警察所後，才發現警察也是挺容易親近的，雖然，許多警察在值勤上，態度是嚴肅了些，甚至，有一小部分過於苛刻、吹毛求疵，或態度欠佳，但是，我們不能以偏蓋全、以點看面，因為，絕大部分的警員，都默默在奉獻自己，就像眼前的王警員，面對著棘手的問題，卻具有高度的智慧和擁有勇於負責的修養。畢竟，雙方和解不成，王警員大可將燙手山芋抛出去，將雙方筆錄一起移交地檢處偵辦。可是，他沒有那樣做，有條不紊地居中協調，分別拜訪何婦的親戚，闡明事實真相，然後又通知我：

「明天上午九點，麻煩你再來一趟警察所。」

當我再踏進警察所時，令我驚訝的是，鎮調解委員會主席、村長、村調解委員，以及所長、巡官都在場，他們告訴我：

「等會兒，不管何婦說什麼，你都不要說話，免得事情再弄僵了。」

何婦在大家久等之下，終於又姍姍來遲，由她的丈夫陪著，進了門，卻又未語淚先流，所長連忙起身安慰她：

「大家攏是厝邊，入門相見，出門也相見，有什麼話大家慢慢講。」

「真衰，才和他們是厝邊，被他們一家大小欺侮還不夠，還要用照相機偷偷照我的相，不賠償怎麼算公道？」

我默默地坐在一旁，暗忖著人生的舞台上，有主角和小丑之分，但不一定要站在舞台上，因為，有時坐在觀眾席上，靜靜地觀賞，更能看清人生百態。就像現在，一齣戲就要上演了。事實上，面對有理講不清的人，我幹嘛要說話呢？

王警員從抽屜取出相片，對何婦說：

「事先都協調講好了，今天希望在大家的見證下，雙方無條件和解。」

「我是答應要和解，但如果不賠償，也要道歉。」

認真算，村長是何婦的堂兄，出面主持公道，聽到講好「無條件和解」，又突生變卦，氣得從王警員手中接過相片，指著照片說：

「如果妳是在家裡，他偷偷對你拍照，這是他的錯，法律是不允許的，就算不賠償、也要道歉，可是，從這幾張照片看，妳將垃圾掃到別人家門口，又揮舞著掃把要打人，人家已經夠厚道了，沒有先控告妳違反公共衛生及當眾侮辱，妳反而無理取鬧，捏造事實和假證人，這是誣告，今天是講理的時代，有理走遍天下，無理寸步難行，剛才林先生已經答應過，只要妳願無條件和解，一切他都不願追究；如果妳再胡鬧，當心吃『誣告』官司！」

頓時，我發現何婦非常的可憐，像一隻失群的羊兒，孤獨、無奈與無助，我開始對她憐憫起來，畢竟，今天何婦之所以會這麼不講理，大家不能完全怪她，因為，她生在那個不幸的時代，美好的童年消失在日本鬼子侵華佔據金門，未能讀書識字，以致不懂得為人處世的基本道理；而今天，我能心平氣和的坐在這裡，我是何其有幸，能享受九年國民義務教育。

何婦開始哭泣著，他的丈夫自知理屈，就像一尊泥菩薩，坐在一旁默不作聲，平日夫妻倆跟鄰居吵架，那種一唱一和的絕活消失了。

「但他是男人，我是女人，怎可隨便拍我的照，如果不賠償，也要在你們面對道歉。」

「笑話！」

我幾乎忍不住，內心不自覺地感到好笑，好男不與女鬥，我寧可鄉愿一些，不用這些相片當證據教訓她，讓鄰居們能過更安寧的生活，但無論如何，我也得把住自己的原則，豈能為了委曲求全，而向「邪惡」低頭。

在場的警官及調解委員們，畢竟都是主持正義和公道的地方士紳，紛紛勸導何婦：

「千年親戚萬年厝邊。」

「官司若是可打，屎也可以吃。」

「冤家宜解不宜結。」

「……。」

調解委員會主席不知什麼時候把何婦請到門外，進來的時候興高采烈地說：

「何婦願意和解，條件是把那幾張照片燒掉，各位有沒有意見？」

大家把眼光投向我，我點了點頭。王警員找來一個鐵畚斗，擦上一根火柴，一會兒工夫，七張照片化作一堆灰燼和室內幾縷煙霧。

我在和解書上捺下指印，走出大門外，陽光顯得更加的耀眼，花圃裡的花草，在微風中搖曳生姿，耳畔似乎又聽到：

「官司若是可打，屎也可以吃。」

「冤家宜解不宜結。」

——原載一九八二年四月九日／正氣副刊

夜裡南風起

遠近雜沓的雞啼聲，此起彼落，交織成一組雄壯的進行曲；司晨的公雞，每天這個時刻，總不忘喚醒人們眷戀黑夜的沉迷，喚醒農人辛勤一天的開始。

「阿種，稀飯蓋在桌子上，我先走啦！在山坡相思林邊那畝，你等會再來。」

母親很早就起床，燒好開水、做好早飯之後，臨走前在院子裡喊我。

「好啦！我已經醒了，馬上起來。」

躺在床上，似醒未醒地回應著窗外的母親，睜開迷濛的睡眼，藉著窗口投射進來的晨曦，看見腕錶上的時針和分針，正好相疊在一起，是清晨五點半了。

自古「鄉村四月閒人少」，每年到這個時節，家家戶戶忙著播種高粱、玉米和花生，以及收成大麥、小麥，無分男女老幼，每每全家總動員，使得田野裡到處散落著工作的人們與牛、馬，呈現出一幅忙碌與生氣盎然的景象。昨晚，睡得特別早，看完電視新聞報導後，即進入夢鄉，養精蓄銳，就是準備利用星期天休假日，儘早上山幫忙拔小麥。

「阿種，待會兒來時，不要忘了攜帶斗笠和手套。」

母親不知走了多遠，對我放心不下，又踅回來叮嚀我。而我仍按兵不動，還躺在床上假寐，連忙像「鷂子翻身」般地，一骨碌從床上躍起來，漱洗完畢，匆匆用過早飯，逕往山上奔去。

走出村舍外，放眼望去，遠遠的太武山，那紫褐色的山巒，披著一層白紗羅般的輕霧，給人一種朦朧美的感覺；近野處，芳草綠樹，旭輝乘著徐徐的晨風款款而來，攜來一片起伏的金黃穗浪，迎面陣陣醇厚的泥土氣息，夾雜著麥穗的芬芳，那麼貼切地沁入心脾，只要輕輕地吸一口氣，全身每一個細胞都跳躍起來，心頭便不自覺地產生一股飄飄欲仙的舒暢。

沿著霧氣濡濕的田間小徑走去，兩旁阡陌縱橫，儼若棋盤，雀群吱吱喳喳地低空掠過麥田上，好像在為纍纍隨風搖曳的碩實麥穗歡呼——這又是豐收的一季。

「阿土伯，早安！您這麼早就來拔小麥。」

「是呀！你也要去幫忙拔嗎？」

「很久沒有下田了，難得今天休假，磨練磨練，活動活動筋骨。」

「是呀！這年頭，年輕人不愛種田，喜歡跑到外面吃頭路。俗語說：「懶惰查某愛作客，懶惰查脯愛種麥。」種麥的時候，簡單得很，麥種子往田裡撒一撒，犁一犁就好了。可是，收成的時候，卡是真費工夫，請人家幫忙嘛，不但一天要好幾百元，而且，不容易請到人；再說，請一個人幫忙，家裡還得留一個人專門幫他煮三餐和點心，算起來不符成本，還是自己慢慢拔，收成多少算多少。」

「今年麥子長得不壞嘛！」

「今年雨水夠，認真說，是不算壞，普普通通啦！收成換米，莊稼人就是這樣，靠天吃飯啦！」

「小麥換米，是怎樣換法？」

「一斤小麥，是換二十兩白米，這樣就很不錯了。是當今政府好，處處替老百姓著想，要不然，幾百年來，咱們辛辛苦苦種來的作物，還不是通通拿去養豬。」

是的，時代不一樣了。不！應該說時代進步了，從前，傳統的農家收穫小麥，真是「粒粒皆辛苦」，從翻土、播種、除草、施肥，以至成熟時一叢叢地拔起，梳下麥穗，然後，挑回家放在穀場上晒乾，用朴桔把穗上的麥實打下，再藉風力吹去無用的糟糠，一連串的辛勞，流血流汗，好不容易才換得的小麥，除了一部分供人食用外，其餘的都填到豬腸裡去了。麥穗梳下後，剩餘的麥稈，則充當燃料，每次升火，滿室濃煙瀰漫，灶內麥管爆炸聲，劈里啪啦地不絕於耳，彷彿是在燃放連珠炮似的。

而現在，梳好的麥穗，往脫粒機一塞，按下電鈕，乾乾淨淨的麥粒自然而然地往麻袋裡鑽，成袋曬乾的小麥，可以兌換白米，也可直接賣錢，農村的生活逐漸地獲得改善，漸漸朝向富足、安康的社會邁進，家家都買得起瓦斯爐，也不需要火柴點火，只要開關輕輕一轉，純青的火焰，煮起東西又快又衛生。昔日當燃料的麥稈，今天皆已讓它在田裡化作一堆灰，供作肥料用了。

爬上山坡，繞過相思林，目的地在望了。父親來得最早，他已拔好了一大片。

「叫你戴斗笠和手套來，怎麼又給忘記了！」

母親看到我空手而來，用關心和責備的口氣問我。

「不是忘記，是我沒有戴斗笠的習慣，頭上一戴上斗笠，就好像壓著一件東西，覺得渾身不舒服，還是不戴來得自然些。反正，春天的陽光並不怎麼強，而且，每天上班，在辦公室裡晒不到太陽，趁這個機會晒一晒，吸收一些維他命，對身體有幫助的。」

「早晨有霧，今天一定又是一個晴朗的好天氣，你想晒太陽吸收維他命，看你晒成黑火炭，將來誰敢嫁給你？」

「皮膚晒黑一點，表示健康美，才能顯出男性的魅力，時下的一般女孩子都比較欣賞這一類型的。」

「戴斗笠不習慣，也應該戴副手套，否則，等會兒手心起水泡，看你明天上班怎麼拿筆？」

「哎！他是故意的，這樣等會兒才能提早休息。」

我正想回答：「你們不用戴手套，我為啥要戴」的時候，話給在一旁的父親先說了，只好低下頭，捲起衣袖，揮舞著雙手，賣勁地拔著小麥。

拔小麥，人用蹲著的姿勢，手掌抓住靠根部的莖，用力拔起，拔滿一盈握後，站起來，雙手握住麥穗部位，把麥根往腳踝上一甩，用力甩去根上的泥土，然後成行整齊地排列在地上晒乾。

手掌不斷地抓麥莖，不斷地摩擦，不一會兒，手心已起了一個水泡，疼痛不已。真的是「不聽老人言，吃虧在眼前。」我得到了明證。母親頻頻示意我去樹蔭下休息，但是，都為我婉拒了，因為我暗忖著：父母親這麼大的年紀，猶這般操勞，為的是什麼？而我正年輕，不能完全承擔父母的辛勞，還好意思先躲到樹蔭下休息嗎？

太陽的腳步，慢慢地往上爬，腳底下的身影也跟著漸漸消失，不知不覺中時間已快接近中午了。

「點心煮好了，放在樹下，快來吃哦！」

妹妹提來點心，在田壟上喊著。

用過點心，佇立在樹蔭下，凝視著野地裡雨後初晴的大地，氤氳著縷縷的霧氣，嬝嬝地上升。忽然，我想起唸小學時讀過古人收成小麥的歌詞：夜裡南風起，小麥覆壟黃，農人收麥忙，你一擔，我一擔，挑起小麥喜洋洋……。

——原載一九八四年七月十一日／婦女週刊

不說再見

鑽進開往沙美的計程車，擺一擺手，送走了癸亥年的最後一天。

除夕的山外街頭和往常一樣的燈光，但是，洶湧的購物人群和往來匆匆的車輛，為戰地平添了濃厚的過年氣息。新市公車站前一大片黑壓壓鑽動的人頭，擠著一些趕回家過年的人們。

看樣子，公共汽車是擠不上，只有改搭計程車了。雖然，計程車車資貴了許多，而且，司機往往只顧掙錢，車子上路便橫衝直撞，無不令人心驚膽跳。可是，家人等著我回家吃年夜晚，何必再計較那麼多呢？車廂裝滿了五個旅客，司機便發動引擎，緩緩地駛出停車場，然後頻頻地換檔加速前進。ＳＭ！我知道，四天半的春節假期，我將暫時遠離山外，遠離這個曾經讓我的日子美得像詩、甜得像蜜，而今卻留下無限回憶的地方。

擺一擺手，再見呵！山外，今天一過，明年，我將以嶄新的形象和你相見。

車子滑過黃海路，便進入郊區，四野一片漆黑，只有路旁的木麻黃在寒風中哆嗦著。沿著平坦的水泥路面，車子愈開愈快，彷彿是一條飛龍，越過雲霧之巔，凌空奔騰。或許，是隆隆的馬達聲太單調了，司機開始播放音樂，前奏曲之後，沈文程「心事啥人知」的歌聲在車廂裡飄盪著。是的，「男性不是沒目屎，只是不敢流出來」。鄰座的一對老夫婦，他們沒有年輕人的心事，無視於沈文程的聲聲無奈，句句哀怨；他們恩恩愛愛地，偶而低聲交談著，老先生更燃起了一根香煙，讓裊裊的灰色煙霧，瀰漫在他那張歲月烙下痕跡的臉龐上。

坐在飛駛的車廂裡，我滿懷著依依的情愫，不忍回眸讓自己沉醉在錄音帶轉動的旋律裡，試著用別人的歡愉，來尋找失去的自我。

「很久沒有看到你，忙啥？快了吧！」

ＳＭ！剛才站立在計程車候車場，妳家隔壁的老闆——老李也提著行李準備回家過年，從我身後走過，輕輕地往我肩上一拍，問我快了吧！我想，聰明如妳，什麼事快了，不用我說，相信也猜得出來。

「噢！是快了，您是快喝阿Ｍ的喜酒了。」

我別過頭去，支吾了半晌，不知怎的從嘴裡邊給溜出這麼一句。

「怎麼，你不請我呀？」

「不是不請你，而是所謂『愛人結婚了，新郎不是我』。」

「你們在搞什麼鬼？」

「我也不知道，只知道十幾天前，她已跟別人換了戒子，過了年就要訂婚和結婚了。」

「怎麼可能？你不是在開玩笑吧！」

老李瞠目直視，一副詫異而不解的樣子。

「開玩笑！老李！這些年來讓您那麼關心，我怎麼敢跟您開玩笑呢？」

是的，怎麼可能？ＳＭ！不要說老李不相信，就是我，半個月來，我仍有點懷疑，畢竟，「風欲起而石燕飛，天欲雨而商羊舞」，晴朗朗的好天氣，竟無端地下起大雨，怎教人敢相信呢！

然而，這是事實，十多天來，用盡各種方法，我都無法否認這是事實，事實勝於雄辯，我又怎能懷疑呢？

ＳＭ！那晚從海山飯店吃罷喜宴出來，朋友邀我去妳家，想看看美麗而聰明的妳。本來喝了一點高粱酒，覺得有些醺醺然，我想早些回宿舍睡覺，可是，受不了朋友的催促，我仍去了。妳獨坐在店裡，看到我卻一反常態，始終低著頭不說一句話，昔日如銀鈴聲響的笑聲消失了。我感到莫名其妙，左思右想，就是想不出一個所以然來。我暗忖著，妳該不是在責怪我喝酒了，而作無言的抗議吧！可是，想到我以前喝了酒，妳不但不會責怪我，還會為我沏壺熱茶，而今天，到底發生了什麼事呢？

我滿頭霧水，呼吸著沉悶的空氣，靜坐之後，才猛然地發現，原來妳始終低頭的原因，是妳那雙會說話的大眼睛，又紅又腫，我終於忍不住了，先開口打破沉默，問妳祖母去哪兒？因為，妳祖母是那麼地關心著我。久久之後，妳才斷斷續續、勉勉強強地，用沙啞的聲音，說妳祖母身體不舒服，在裡面歇著。我霍地站了起來，想進去看看，妳卻阻止我，說不必了，沒什麼事，ＳＭ！從妳那張緊繃的臉，我確實知道，妳家發生事情了，可是，妳不說，在朋友面前，我又怎麼能問呢？又坐了一會兒，我們就走了，我想，過了今夜，明天再說吧！

漫漫長夜，好不容易挨到明亮，一大早，我趕緊撥了通電話給妳叔叔，想探知妳祖母的健康，沒想到電話接通後，妳叔叔先向我說聲對不起，再說有件很重要的事要告訴我，說什麼妳前天已和別人換了戒指，過了年就要訂婚和結婚了。

ＳＭ！當電話筒裡傳來這個消息時，我真的愣住了，一直懷疑著自己的耳朵，可是，那餘音卻在耳畔不停地迴盪著。千真萬確，我絕沒聽錯，那是你叔叔的聲音，我聽了三年多，熟悉得不能再熟悉的聲音。頓時，整個人像被電觸擊似的，感到一陣暈眩，什麼感覺都消失了，麻木得像一個木頭人，我勉強地支持著自己，久久之後，一陣酸楚才由心底湧起。ＳＭ！麻木後的酸楚，酸楚後的清醒，清醒後的我，妳說我能不相信嗎？不過，一種發自內心的潛在意識，逼著我再問下去：

「你不是在和我開玩笑吧？」

「開玩笑！這種事情能開玩笑嗎？」

「那麼，到底和誰換了戒指？」

「不用說，你也猜得出來，不過，我希望你看開一點，只怪你們沒緣。」

「沒緣……」

未等我再開口，電話筒線的那一端，已傳來掛斷的聲音。

緣？什麼是緣，只怪我們沒緣，我不斷地思索著，問著自己。

我真的不敢相信，一切都還像昨天發生似的。ＳＭ！三年前一個和煦的午后，妳那笑意凝聚的小嘴，絲絲甜蜜的語聲，緩緩地滑入我的心田，柔柔而長的秀髮，散發著淡淡的幽香，輕輕地拂過我的身邊，自此，多少個星月交輝的夜晚，我們攜手漫步在公園的露珠小徑，倘徉在浮光耀金的太湖畔，駐足在鬱陰的柳樹下那道鐵欄杆，仰視蒼穹裡的星斗，用誓言去伴著淙淙的溪水，以及不遠處料羅灣裡那細細的潮聲。

ＳＭ！說真的，當妳的倩影出現在我的生命裡時，愛的蓓蕾開始在心田綻放，生活的日子鋪滿著詩情畫意，覺得心靈不再空虛了。我變得很積極，白天，我努力的工作；晚上，我用功的讀書，就是想多賺些錢來改善家庭環境，和開創自己的將來。

經常，我埋怨技術性的公務員，領的是固定的薪水，尤其，長年守在海島，新的知識和技術不易獲得，所謂「保持現狀就是落伍」，沒有進步便是退步，有一天會被時代所淘汰，因此，我相信憑恃童年在炮火下折磨、陶鑄出來的毅力，我可以辭職去台灣，一面工作，一面再去唸書，將來一定會比較有作為。

可是，妳卻每一次安慰我，人生不如意的事情十之八九，不能在職怨職，「人騎馬，我騎驢，後面還有一推車漢。」更何況，人活著又不僅為了賺錢。妳說妳比較喜歡我當公務員，生活比較有保障，只要我奉公守法，樂觀進取，將來就算我潦倒得需要回家耕田，妳也願意快樂地幫我下田播種；如果我下海捕魚，妳也會在船邊幫我補網。千言萬語，妳只希望和我守著金門島上的陽光，守著不移的深情。

三年來，一切的進展是那麼的美好，美好得有時令我擔憂，擔憂著萬一有一天我失去了妳，是否能承受這個打擊？可是，沒想到，三年的美夢，一夜醒來，我的擔憂竟成了事實，妳已和別人換了戒指，從此天涯海角，各奔東西了。

車子在黝黑的路上奔馳著，突然，轉了一個彎，車體猛然一陣顛簸，司機在路旁踩了剎車後說：「陽翟到了。」鄰座的那對老夫婦下了車，換上來一個阿兵哥，司機又踩足油門，繼續向前行駛。

——咔嚓！

昏暗的車廂裡，隱隱約約地看見司機在更換錄音帶。

「愛在心底，愛在心底，卻不敢盼望再相依，多少的柔情和蜜語，就讓它永遠成回憶，眼看那飛燕雙比翼，平添我無限相思意，盼望妳自己要珍惜，我也會默默地祝福妳。」

是的！ＳＭ，「命裡有時終須有，命裡無時莫強求」，這些日子，我學會了徐志摩「得之，我幸！不得，我命！如此而已」的灑脫。的確，我不敢怪妳，因為，妳曾對我朋友說，不是妳不要的，怕我錯怪妳，事實上，我也無需怪妳，我知道，問題壓根兒不在於妳，而是橫在妳我之間，有一道非常可怕的客觀因素，任妳任我，都無法超越，無法躲避。老實說，雖然，這輩子我們已無法在一起了，但是，過去那一段相處的時日，妳待我那麼好，那一段情，已令我很滿足，夠我感激一輩子的了。

ＳＭ！請妳相信我，雖然，我不敢盼望再相依，但我仍會默默地祝福妳。

這些日子，我暗自地慶幸著，我多經歷了一件事情，可以說不經一事、不長一智，今日的教訓，等於明天的借鏡，儘管感情的付出，那是一種無形的消費，不可計數，也收不回來，就把它當作體認人生所付出的代價吧！

車子到了沙美，進了站，付錢下車，我挺直了腰幹，抖動一下身軀，拂去布滿臉上、身上、行囊的塵土，邁開大步，朝著我的方向走去。

「天若有情天亦老，月若無恨月長圓。」

雖然，三年的往事，在人生的旅程上曾激起了一陣浪花，但是，畢竟今天的我，已不是昨天的我；過去的我，將隨著癸亥的歲月一樣地消失，甚至，不說一聲再見。

——原載一九八四年七月四日／婦女週刊

證據

家裡剛開設照相館的時候，由於資金不足，一切因陋就簡，甚至，連一些容易毀損的器材，也沒有購買備用。不過，我們本著「技術至上、服務為先」的原則經營，一陣子之後，業務像倒吃甘蔗般漸入佳境，才覺得器材不敷使用，客人上門拍起照來，總有捉襟見肘之感。比方說，拍黑白人頭的底片盒僅有一個，碰上生意好的時候，根本不敷使用，經朋友介紹，鎮上有家照相館新近換上一系列的電子設備，原有的舊器材願廉讓，於是，我連忙趕去鎮上，老闆是一個五十開外的中年人，待我說明來意之後，他馬上捧出一疊底片盒，笑嘻嘻地露出兩排金牙：

「買一個四百元，買兩個少算一百元。」

面對那一疊古銅色的底片盒，我暗忖著：如果尺寸不同，多買也是枉然，因此，我告訴他：

「我先買一個回去試試看，合用的話再來買。」

「既然如此，你先帶兩個回去，合用時再來付錢。」

錢，是身外之物，我一直覺得夠吃夠用就好。錢太多，不一定就是幸福。雖然，這是一個功利的社會，衡量一個人的成敗，往往是看他賺錢的多寡。當然，努力賺錢是應該的，可是，我從來不敢存有發財夢，更不曾羨慕人家住洋房、開轎車，我追求生活的境界，是入有父母妻兒、出有良師益友，做我喜歡做的事，讀我喜歡讀的書，如此而已。

所以，我一直沒有賒賬和賴賬的習慣，別人向我借的，我鮮少惦在心頭，有時，甚而都給忘記，可是，只要是欠別人的，不管是錢或情，都令我寢食難安，今天既然老闆這麼誠懇，要我先帶回去試試看看再說，還客氣什麼呢？

隔天一早，我上菜市場，先繞過大街，照相館的鐵門半開著，老闆正在擦拭影印機，滿手油漬，我將七百元交給他，臨走時還特別囑咐：

「如果有記賬，請記得劃掉。」

只見老闆笑瞇了眼，兩排金牙閃閃發光，沾滿油漬的手，在額頭前的半空中猛揮著：「笑破人的嘴，七百元記什麼賬！」

事情就這樣過去了，不料，幾個月後，朋友又來找我，閒談之中，他老兄突然板起臉孔來訓我：

「你欠人家錢，才幾百塊錢，幹嘛不還，年輕人，剛出來做生意，要學有信用，留給人家一個好印象。」

我滿頭霧水，不曉得朋友在說些什麼，追問之下，天呀！原來是我買底片盒的那個老闆，曾不只一次的央求他來向我索錢。

傍晚，我把店門關上，連忙跑去鎮上：

「老闆，我還欠你什麼錢？」

「不好意思啦！上次你來買兩個底片盒的錢，都沒還給我，這麼多個月你都不來，我又不好意思親自上門去要，只好請朋友轉告你。」

「貴人多忘事，老闆，你大概忘了，隔天一早，我拿錢來還你，還特別請你把賬劃掉，你說笑破人的嘴，七百元記什麼帳，對不對？」

我說著，老闆娘在裡面聽到了，霍地裡走出來，人還沒走近，連珠炮似的聲音已劈里啪啦落在我身上：

「少年郎，還沒有學會走路就想飛，想賴賬，回去吃奶再來！」

童年，炮火下窮苦的折磨，鎔鑄成我一股打落牙齒和血吞的個性，在人生旅途上，不曾為流星的殞落而黯然神傷，也不曾為枝頭黃葉的凋零而嘆息，跌倒了，翻個筋斗勇敢地爬起來，平常，我什麼都不怕、就怕不講理的人，尤其，最怕跟人家吵架，因此，我仍強作笑臉：

「老闆娘，不要生氣，有話好好說。」

「還有什麼好說，欠錢不還，還敢辯！」

「我錢付了，怎麼說欠錢不還？」

「你再不還錢，我要控告你詐欺！」

俗語說得好，「有理走遍天下，無理寸步難行。」這是一個法治的國家，雖然，區區幾百元不算什麼，但我總不能背黑鍋，何況，「人必自侮，而後人侮之。」男子漢大丈夫能屈能伸，有時候要委曲求全，忍辱負重，有時候卻要堅持自己的原則和立場，尤其，年輕人要走的路還很遙遠，要爭的不是名和利，而是是非與公理。

好吧！要告就讓他告吧！反正，和尚遇到兵，有理也講不清，我何必再跟他們說什麼呢，天色已晚，我該回家了。

日子就這樣又滑過了十幾天，有一天傍晚，我坐在店前納涼看報紙，忽然，有人在後面輕拍我的肩膀：

「對不起，我是專程來向你道歉的，差一點冤枉你，我想起來了，你確實是隔天拿錢來還，另兩個片夾是賣給別人，今天，他拿錢來還，是我錯怪你了，真是對不起，請原諒。」

我鬆了一口氣，還好，「是非自有定論，公理自在人心」，我在沒有任何還錢的證據下獲得清白，我向他揮了揮手：

「只要你不冤枉我，還有什麼不能原諒的呢？」

＊＊＊

阿山和阿海是高中的同班同學，巧的是畢業後，兩人又在同一個機關裡服務，工作在一起、打籃球在一起，連看電影也在一起，甚至，睡覺也是同寢室上、下鋪，兩個人可以共同抽一根香煙，也可以互相公開女朋友的來信，每天形影不離，真是大家稱慕的一對好朋友。

唯一不同的是阿山生在鄉下種田的窮苦人家，自幼克勤克儉，奮勵向上，是備受讚許的孝子，而阿海則是街道上生意人家的獨生子，從小嬌生慣養，什麼事都覺得無所謂，顯得有點紈褲的味道。

自從阿山到機關裏上班，弟妹們都還在唸書，家裡只剩老父一個人在種田，他發現老爸歲數愈來愈多，佝僂的身子再也挑不動了，勸他放下笨重的農事耕作，老人家又捨不得，正好農村開始流行搬運車，於是，阿山決定在同事間做個會東，買部搬運車回去讓老爸載東西，聊表一點孝心。理所當然的，阿海也拿出薪水的一部分搭了一會。

第二個月，阿海把會標走了，他拿著錢去跟人家賭梭哈，手氣欠佳，沒多久幾萬塊便輸得精光，更要命的是屋漏偏逢連夜雨，人在倒楣的時候，就是身後背著菩薩也會遇見鬼，竟被警察逮個正著，根據「戰地公務員工參與賭博懲治條例」，阿海被一次記兩個大過免職，捲鋪蓋回家吃自己。

阿海被免職回家後，也不幫家裡做生意，終日在外遊蕩，每個月的會款，起初是經常拖上好幾天，但還勉強可以繳納，可是，漸漸地，每次阿山找他收會款，阿海總是避不見面，連著五、六個月的會款，都是阿山幫他先墊出。有一天，阿海在路上被阿山遇見了。

「阿海兄，你的會款，老弟實在無能力再替你繳納了。」

「我已經沒頭路了，還納什麼會？要不然，你去告我好了。」

阿山不甘心平白損失，雙方經調解不成，忍無可忍的情況下，便到法院按鈴申告，開庭審理時，法官問阿海：

「你標了會款，為什麼不納死會？」

「請法官明查，會我是標了沒錯，可是，到今天，我還沒有拿到會款，不信的話請你問他，有沒有證據？」

法官回過頭去問阿山：

「你給他錢有沒有收據？」

收據？阿山差點暈過去，哪來的收據，當初形同手足，怎麼知道會有今天呢？他付了訴訟費，無可奈何地走出法庭外，嘴裡喃喃自語：

「真是人心不古，昔時那種一言九鼎，重承諾的精神，至今已蕩然無存，還好，阿海還算夠朋友，要不然，自己拿不出付款證據，被要求再付一次會款，能不付嗎？」

＊＊＊

我終於搬家了，認真說來，我是一個十分念舊的人，卻在沒有一絲眷念的情況下搬走了。

民國六十八年，我斥資賃屋做照相生意，第二年發現要打進一個市場實在不容易，既然已打進市場，沒有自己永久的立足點，老是租別人的店面，並非長久之計，何況，光是照相設備就花了幾十萬塊，倘若人家把房子要回去，一時又租不到適當的店面，昂貴的照相器材，豈不要搬回鄉下？恰巧，隔壁有一間房子有意出售，雖然，價格貴了許多，但是，我也忍痛地給買下來了。

然而，我沒有馬上搬回自己的房子，因為，租來的這間店面，室內裝璜布置就花了四、五萬元，馬上搬回去實在損失不輕，所以，我決定除非是房東向我要房子，或是自己有足夠的錢，可以改建樓房，否則，一動不如一靜，我租別人的房子，自己的房子租別人，房租一手進、一手出，等於是住自己的房子。

年初的時候，房子租約到期了，我找房東商量，希望再續約，可是，房東告訴我，不必再簽約了，反正，我自己有房子了，房租一手進、一手出，他需要房子時會通知我。

既然，房東不再簽約，我也覺得可以省得麻煩，可是，問題發生了，癥結就出在我租來的房子，租約已過了，而我自己又已有房子，尤其，是我的房租是一手進、一手出。有一天，房東告訴我：

「我們再簽一年約。」

「年初不是說不必再續約嗎？」

「以前一幢房子值四十萬元租兩千元，現在，一幢房子有人出我八十萬元，我都捨不得賣，房子只出租兩千元實在不合算，反正，你房租是一手進、一手出，你不吃虧……。」

不錯，我不吃虧，他漲我的房租，我漲別人的房租，只是，我繼之一想，漲一些是合理，幾乎漲一倍，豈不是殺雞取卵、揠苗助長的行為嗎？我雖不吃虧，但也不能為始作俑者，當街上的千古罪人呀！於是我告訴他，要不要再簽一年合約，我要慎重考慮，三天之內回覆消息。

時間過去了兩天，房東看我依然沒動靜，忍不住地跑來找我：

「你不再簽約沒關係，月底房子還給我。」

「按規矩，你房子不繼續出租，要三個月之前通知我，月底只剩十幾天，太匆促了。」

我已發覺現場氣氛似乎不太對勁，房東太太雖然默默站在一旁，但她的眼睛卻散發出異樣的光芒。想當初，租妥房子之後，左鄰右舍就告訴我，過去向他租過房子的，到最後不是對簿公堂，便是不歡而散，希望我小心，特別是繳房租，務必記得拿收據，以後才不會「黑狗辯白蛋」。房東太太聽我說按規矩，還得三個月之後才搬家，終於按捺不住了：

「還有什麼規矩，你要搞清楚，我房子是借給你的。」

「我每月付你房錢，怎麼可以說是借給我的？」

「你給錢，有什麼證據？」

每次納房租，我都要向他索取收據，夾在口袋的小冊子裡。因此，我趕緊從口袋裡取出小冊子，拿出月初繳房租的收據：

「請問這一張算不算證據？」

我暗忖著，亮出房租收據之後，房東倆該可沒話說了。豈料，「相罵恨沒嘴，相撲恨沒手」，惱差成怒的房東，又口不擇言：

「你說房子是租的，有沒有什麼契約？」

「就憑這張房租收據及店裡的陳設。」

不錯，房東夫婦已啞口無言，可是，鬧得那麼不愉快，再住下去又有什麼意思呢？我決定月底就搬走，如今，我得感謝鄰居們，當初，要不是他們的忠告，或許，每月付房租時，我不懂得索取收據，那麼，我能說搬走就搬走嗎？

——原載一九八四年五月十六日／婦女週刊

辣椒成熟時

破曉時分，東方天際散出一片微紅的曙光，渾沌的黑夜，在凌亂的雞啼聲中逐漸甦醒。推開柴扉，踩著夜露濡濕的田間小徑，我來到耕耘三個月的辣椒園。

微微的熹光下，一片濃得化不開的綠，圓溜溜的露珠在葉脈上閃呀閃地，宛若朗朗夜空裡燦爛眨眼的星斗那樣迷人；枝葉間，綴滿著潔白的花蕊，散播著醉人的芳香，更平添了生氣蓬勃的新生景象。尤其，俯下身子仔細一瞧，茂密的枝葉下，懸掛著串串碩實的辣椒果，有紅的、有綠的，構成一幅甘飴的畫面，美麗極了。

哈哈，辣椒紅了。我跳躍著、鼓掌著，八十多個風雨晨昏的辛勤耕耘，用血、用汗交匯灌溉的辣椒苗，現已開花結果，終於成熟了。

所謂「一分耕耘，一分收穫。」一顆香脆可口的蘋果，也有它青澀的過去。當然，一根紅透的辣椒果，也有它飽經風吹雨打的茁壯期。

有一天，傍晚下了一場傾盆大雨，隔日清晨，雨過天晴，金碧的晨曦無羈地傾瀉在雨後初晴的原野，我順著蜿蜒的田間小路，到田野裡走走。我發現，我們兄弟長大了，一個個離家遠走，或從軍、或從政，紛紛向外求發展，家裡只剩年邁的雙親，年歲一年比一年增長，逐漸不堪粗重的農事，一些田園慢慢地給荒蕪了，我想，世代祖孫相傳的衣缽，老祖宗慘澹經營的田產，絕不能在我們這一代的手中給荒廢了，那是我們的根，就算目前可以暫時放下犁鋤，總也得為後代子孫著想呀！

有鑑於此，我決定利用上、下班的餘暇，在菜園裡種植一些蔬菜。自家食用也好，或送去賣錢，兼個副業，也未嘗不可。

蔬菜的種類很多，多不勝數，適於春、夏兩季種植的尤其多，所以，到底種什麼菜比較理想呢？我開始想：種植葉菜類吧！普通二十天便可採收，可是，春夏蟲類衍生，三、兩天就得噴灑一次農藥，非常麻煩，而且。市場售價極為不穩定。往往菜賤傷農，好不容易培植的蔬菜，一塊錢好幾斤也賣不出去，不但不賺錢，反而連老本也賠盡了。不行！栽這種菜太冒險了。那麼，種瓜類吧？瓜類有一個好處，今天賣不完，明天、後天仍然可以拿出來賣，不像葉菜類一經拔起，賣不完就趕緊拿去養豬；否則，隔天就會爛掉，一文不值。

不過，瓜類的葉，是龜蟲非常喜歡啃噬的食物，光天化日下，成群龜蟲棲息葉脈上，你想噴灑農藥加以撲殺，嘿嘿，牠振翅遠颺，你拿牠沒奈何，實在非常討厭。繼之一想，種辣椒吧！辣椒葉或果，蟲類一點興趣也沒有，可以省去噴灑農藥這道功失。再者，市場行情好，辣椒果未成熟照樣可以賣，若遇市場行情欠佳，則可等紅透後再行採取。再不然，可以晒乾貯藏。當然啦！辣椒畢竟屬於調味品，消費量比較小，這是美中不足，惟一的瑕疵。

前思後想，最後還是決定種植辣椒比較適宜。

買回辣椒種籽後，我選擇一塊比較肥沃，環境十分適宜的土地作為苗床，然後播下種籽。

一天、兩天……一個禮拜，胚芽終於吐出泥面，兩片黃黃的胚芽，密密麻麻地散布在小小的苗床上，顯得非常可愛，慢慢地，兩片胚芽間又長出葉芽，一片、兩片……，經過不斷地澆水、除草、施肥，細心的照顧，一個月後，一株株茁壯的椒苗挺挺迎風而立，只待移植了。

一整片的菜園，經過翻土、日晒、耙平、整理，一切準備就緒，恰巧在一個週日的下午，天氣轉陰、烏雲密布，天空下著細細的雨絲兒，因為，下雨天移植作物成活率比較高，於是，披起雨衣，我趕緊把椒苗移植到園子裡。

第二天一早，天麻麻亮我便趕到菜園子裡，但見四千多株椒苗，一行行整齊地排列著，搖曳在晨風中，雄姿英發，生氣盎然，可惜，仔細一看，其間不少椒苗，莖部被切斷，頹敗的枝葉落在泥面上，甚至，有幾處連著十來株苗，莖部同樣被切斷，然不同的是，附近沒有任何蛛絲馬跡，連斷落的枝葉也無處覓芳蹤。

依情形研判，顯然是兩種不同的「症狀」。簡單說吧！零星斷者，皆能在附近找到頹敗的枝葉，而整片被切斷者，枝葉則不翼而飛。果然，我從枝葉斷落的泥面下，輕易地掘出一種面目可憎的兇嫌——烏肚蟲，這種蟲害，晝伏夜行，戕害植物甚烈，為人類與作物公敵，難怪一經被逮到，便死罪難逃。可是，那些找不到斷落枝葉的，兇嫌是什麼，就不得而知了。

在幾度細思量，百思不得其解、莫明其妙情況下，我不管三七二十一的先將殘缺的椒苗補上，希望只此一遭，下不為例，可是，不幸地，隔日清晨，當我再到椒園時，發現那些被「烏肚蟲」咬斷又重新補上的椒苗，依然屹立迎風搖曳，偏偏那些莫名其妙失蹤又補上的椒苗，卻又被一掃而空。

——耕稼之事，吾不如老農。

春秋時代的孔老夫子，就曾闡明「術業有專攻」。而父親從七歲便開始學會耕田，直到今天已整整四十多年，將近半個世紀，朝夕荷鋤握犁摸索在田間裡，堪稱「老農」了，我請教父親。

「爸！椒苗一再地被咬斷，神秘失蹤，這是什麼原因？」

「農地耕作之前，翻土時最好撒下『地特靈』，把泥土裡的害蟲毒斃，否則，『烏肚蟲』和『土猴』，白天深藏泥土裡，夜間開始出來覓食，而幼小的作物被碰上非死即傷，『土猴損五穀』尤其厲害。」

「『土猴』是什麼？」

「牠的形態略似蟋蟀，只是顏色比較淺，呈土黃色，雄性體小，雌性體大，嘴邊有一對大門牙，就像一把鋒利的剪刀，用以剪斷植物枝葉，以便帶回洞裏作為食物。」

「有什麼方法能捉到牠？」

「『土猴洞』很深，用鋤頭挖掘，費時又費力，不容易捕捉到，用煤油摻水灌進洞裡，效果非常好。」

照著父親的指示，我從椒苗神秘失蹤的四周，從一堆堆隆起的土屑丘中，撥出一個像五角錢幣大的小洞，然後，把煤油摻水往洞裡灌下去。

俗語說：「事非經過不知難。」說真的，有很多事情，乍看之下是非常簡單，可是，當你著手去做，才發現不是那麼一回事，的確，如果不是親身體驗，確實無法領略箇中滋味，尤其，得不到訣竅，無法完全解開盤根錯節，事情每每不易做到盡善盡美。就以煤油灌「土猴」來說，未動手之前，感到這是一件簡單的事兒，沒想到做了之後，才發現其中還有一點小學問哩！

起初，我把摻煤油的水拼命地往「土猴洞」裡灌，一口氣灌完十幾處，結果，連一隻影子也沒有看見，不能一睹牠的「真面目」，頗為不快。

於是，我想，先用清水把洞灌滿，再於水面滴落一或兩滴煤油，讓浮在水面的煤油，隨水慢慢往洞底消沉，當水把煤油帶到洞底時，「土猴」聞到淡淡的煤油味，忍受不了，一定要往洞外逃生，不會像猛灌時會使牠中毒太深，而無法外逃，死於洞內。果然，這個實驗非常的成功，用最少量的水和煤油，便能從每一個洞裡灌出一隻「土猴」來。真的，每當看見一隻「土猴」被灌出洞外，一時內心感奮之情，是難以言喻的。

好不容易，經過一星期的追蹤，地裡面的害蟲總算給消滅了，椒園一日日添新葉，可是，緊接著，各類雜草，卻在椒苗間廣泛地繁衍著。

消滅地裡的害蟲，尚稱容易，而想除盡雜草就比較難了，一批拔淨，另一批又長起，拔不勝拔、除不勝除，怪不得有一些人，從我的椒園旁邊路過，總愛講句風涼話。

「長這麼多的草，你要拔到什麼時候？」

「哈！看你人小鬼大，一口氣要種那麼多，到時草會把辣椒掩埋掉。」

「……。」

誠然，做一件事情，並非只為了賭氣，但是，只要存有賭氣的成分，事情做起來一定特別賣勁，特別積極。

三個月前，我以一個農業的門外漢，試著想種些辣椒，當我把椒苗移到菜園後，屢次遭受害蟲侵襲，造成椒苗殘殘缺缺、高高低低，十分不雅觀，隨後，又為蔓延神速的雜草所困擾，一度曾為之頹志喪氣，心灰意冷，頗有放棄的意念，還好，在旁人的暗諷下，為了爭一口氣，我咬緊牙關，硬撐下去，每天加倍努力澆水、施肥、除草。

三個月後，辣椒成熟了，我除了深深體驗出「誰知盤中飧，粒粒皆辛苦」的名句，此外，我也得到「事在人為，天下事絕沒有經不起的考驗和衝不破的難關」的明證，更重要的是，種下辣椒，心寄田園，每天晨昏忙於田間，雖然流血流汗，但是，每當捕捉到一隻害蟲，或看見椒苗添新葉、吐新蕊，心中便擁有無限的快慰和希望，就像今晨，踩著夜露濡濕的田間小徑，來到椒園裡，微微的熹光下，看見一片繁茂的枝葉下懸著紅的、綠的那一串串碩實的辣椒果，過去的辛勞，便早已拋到九霄雲外，不復記憶了。

——原載一九七八年九月廿三日／浯江副刊

牽手遊台灣

搭軍艦到高雄

清晨，火紅的太陽從東方的海面慢慢浮起，金碧輝煌的晨曦，無羈地灑在湛藍的海面，微風輕拂，波光粼粼，美麗極了。

料羅灣外，海軍「五二三」艦悄悄地劃過水面，拖著一條長長的白色浪花，邁向台灣海峽的彼岸。我偕著相戀多年的伊與滿囊親友們的祝福，我們要到台北公證結婚，順便展開環島蜜月之旅。

軍艦就要出港了，和伊攜手扶立在船舷，揮一揮手，再會了，我們生長的地方。聳立在島上的太武山，那熟稔的影子，以及島上那一抹濃得化不開的綠；許久以來，我們便守著陽光、守著島，而此番去也，僅是短暫的別離，十多天後，我們將會再回到島的懷抱裏，展開新的生活，希望蕃衍下一代，繼續守著島、守著島上的陽光。

「五二三」軍艦頂著浪濤前進，約莫半個多鐘頭，太武巨岩朦朧的山影，已在地平線消失；眼簾裡天蒼蒼、海茫茫，外海風浪大，艦身開始搖搖晃晃，幾經巔簸，開始有頭重腳輕的感覺，依據搭船經驗，這是暈船的現象，趕緊偕伊走回艙底，但見偌大的船艙裏，有人已鼾聲大作，有人卻還在那裏玩紙牌或聊天說笑。

靜靜地躺在吊床上，隨著波浪晃呀晃的，也不知道是什麼時候睡著了，醒來的時候，船已進港，高雄市的夜空萬家燈火，一片通明。

下了船辦過簽證，趕到出口處；回想起前天三弟曾寫信叮嚀：

「到了高雄碼頭之後，不必搭軍方大卡車去火車站。」

因為，三弟要開車來接我，所以，佇立在碼頭出口處，我注視著圍牆外的那羣人們。

「少年耶，要去那裏，我送你。」

載客的計程車，仍是亂七八糟地停放著，拉客的司機親切得像是來接我的親人，爭相拉著我的行李不放。其實，真的只有天曉得，因為，朋友曾不止一次地警告我，夜裏搭船在高雄港下船，碼頭出口處的計程車，最好不要隨便搭乘，萬一碰上惡司機，知道你剛從金門來，身上一定帶有不少錢，拉你上車的時候很客氣，但短短的路程常索價數百元，你跟他討價還價，他會不客氣地告訴你，已等你一個晚上，才拿幾百塊錢，哪裡算貴呀！人生地不熟，如果你不識相，膽敢再跟他討價還價，說不定會亮出刀子哩！

因此，對於計程車司機熱情地拉著我的行李，我連聲稱謝婉拒。幸好，這個當兒，三弟和弟妹已出現在眼前了：

「大哥，我在這裏。」

三弟接過行李，他說：

「我不能把車開到這裏，因為，計程車是講地盤的，外地來的車子搶走他們的生意，他們或許不會打你、也不會罵你，只要兩部車子往你前後包夾停住，讓你進退不得，還是少惹麻煩，停遠一點。」

三弟一邊說著，一邊拉著站在一旁的弟妹說：

「這是大哥，跟我長得很像吧！」

弟妹也接著說：

「大哥、大嫂，您們好，我是婉琇。」

白色的水銀燈下，第一次見到弟妹，那張盈滿笑意的臉龐，給人一份端莊和賢淑的感覺，初次見面，就深深覺得滿意和喜歡。何況，三弟比我小六歲，國中二年級即「投筆從戎」就讀空軍機校，由於金門人憨厚敦實，除獲長官器重，更獲其女兒的青睞，比我先結婚成家，在岡山擁有一個幸福的小天地。

三弟小心翼翼地駕著車，在高雄市區穿梭著，傍晚七點多，正是華燈初上的時候，滿街耀眼的廣告霓虹，一個從純樸戰地來的旅人，驟然跳進繁華的大都市，真像「劉姥姥進了大觀園」，一時無法適應。

哇！高雄市變得太多了，三年前，我受訓回金門時在這裡等船，道路很寬闊、高樓也不多，遠遠地即可看見大統百貨公司，而今觸目盡是高樓和汽車，較諸大統百貨大樓還高的建築，比比皆是。

的確，政府經過這些年的努力，十大建設都已先後完成，工商業突飛猛進，高雄市當然也不例外，這些都是被譽為「台灣經濟奇蹟」的地方。

車子在市區穿梭著，我一路興致勃勃地欣賞沿途夜景，忘卻海上旅途勞頓，約莫近一個鐘頭的車程抵達岡山，經過一片蔗園，在一排椰子樹下停車，這是空軍「大鵬眷村」，進了屋子裏，小小的客廳布置得井然有序，尤其，與馬路有段距離，窗外又是一片甘蔗園，環境清靜幽雅，很適合居家。

甫坐定，喝過開水，弟妹已端出熱騰騰的餛飩：

「坐了二十幾個小時的船，肚子一定很餓，先吃這些點心，等會兒再吃飯。」

也許，是肚子真的空空如也，感覺餛飩的味道太好，不一會兒的工夫，一大碗的餛飩便給吃光了。

「這餛飩是買的？還是自己做的？」

「皮是買的，餡是自己做的，婉秀她爸爸是福州人，媽媽是四川人，從小耳濡目染學得一點烹飪手藝，明天讓她秀幾道川菜。」

「哇！等你退伍後，帶她回金門，開家餛飩專賣店或川菜館，相信生意一定會很好。」

俗話說：「娶好某卡贏好祖」，如果靠祖蔭的庇佑，金山銀山將有用完、用盡的一天；而娶到聰穎賢慧的好太太，把一個家整理得有條不紊，夫妻恩愛，家庭生活幸福美滿，何止勝過於祖先留下的千萬財產？

——原載一九八一年九月十九日／浯江副刊

暢遊高雄地下街

經過一晝夜的海上巔簸，暈船的感覺確實是讓人身心疲憊，怪不得一覺醒來，已日上三竿，推窗遠眺，視野下盡是一抹如濤的甘蔗葉浪，盪漾著醉人的翠綠。

今天巧逢星期假日，三弟與弟妹都不用上班；原先，是安排帶我們暢遊南部風景名勝，如墾丁公園、貓鼻頭、鵝鑾鼻、佳樂水、佛光山、西子灣、澄清湖，以及台南的安平古堡、秋茂園等等，但因睡醒已日上三竿，時間上顯得太匆促了。

於是，決定今天先到高雄市區逛逛，順便買些衣物，明天早一點起床，踏著晨曦出發遊覽南部風景名勝。

既然是準備去市區逛街，為免除停車問題的羈絆，所以，決定捨去自行開車前往，決定搭公路局的班車；或許是星期假日的緣故，路上各型車一輛緊接一輛，行車速度頗為緩慢，正好仔細瀏覽窗外的山光景色。

畢竟，我們不是出來趕路的，除了將到台北公證結婚，也希望利用寶貴的十多天假期，暢遊寶島風景名勝和參訪十大建設。

紅燈停、綠燈行，車子走走停停，每次遇見紅燈閃亮，機車就像水銀洩地般鑽到車隊的最前頭，待黃燈一閃，便成羣呼嘯而出，宛若萬馬奔騰，場面至為壯觀。面對這種情景，若以欣賞飛車特技表演，真要佩服他們擁有高超的飆車技術；但若以交通秩序紊亂觀之，則無不令人替他們捏一把冷汗，因為，那一幕幕爭先恐後的驚險畫面，萬一有個不小心擦撞，將「一失足成千古恨」。我實在不明白，他們是為工作趕時間？抑或是為生活賺錢？

三弟告訴我：

「今天是例假日，機車還算少，若是平日上、下班的時候，車子才多哩！」

有一句成語叫做「車水馬龍」，長年生活在戰火下的金門海島，實在體驗不出這句成語的境界，而眼前的這幅情景，該是最佳的寫照吧！

車子順著柏油路面不斷地前進，穿過一片無垠的甘蔗園，開始聞到一股不尋常的味道，透過車窗，目睹一大片的石化工業區，一柱柱高聳的煙囪，火焰擎舉雲端，散發出刺鼻的氣味；而且，高雄半屏山水泥工廠的煙囪，也吐著濃煙，或許，大都會汽、機車排放廢氣，工廠也排放氣體異味，使空氣污濁，怪不得許多到金門參訪的人，都要讚嘆空氣品質良好，最適合居住，看來我們長年生活在海島，享受「結廬在人間，而無車馬喧」，實是身在福中不知福。

車子進入市區，我們拉鈴下車，置身在往來如織的人叢中，才發現自身的渺小，彷若「滄海之一粟」。走過愛河畔，污濁的河水發出陣陣惡臭，令人掩鼻走避，不遠處一座有花有草的小公園，三弟告訴我：

「那是高雄地下街，在愛河水面下有三層街道。」

我們從入口處拾階而下，便是地下街的第一層，明亮的燈光，熙熙攘攘的人羣穿梭在玻璃櫥間，男女時裝、各種百貨，應有盡有，張掛得琳瑯滿目，而且，看看標價，也挺便宜的，服務小姐不厭其煩地為顧客介紹，我們一個街道又一個街道地閒逛，偌大的地下街，好像逛不完的樣子。

進入第二層，依然是以賣服飾的居多，卻顯得比一樓更熱鬧，旁邊一排冷、熱飲食店，人聲鼎沸，打拳賣膏藥的舞台上，有的歌唱賣藝、有的武術表演，觀眾擠得水洩不通。而再下去第三層，就顯得冷清多了，有些好像還在裝潢之中，假以時日，或許可媲美上面二層的榮景。

整個地下街深入地底三層，工程之浩大，真叫人大開眼界，而地底下空氣依然清新，更令人稱奇。走出地下街，天色已黑，滿街明亮的燈光，置身在夢一般的世界裡，享受人類的高度文明，不由得讚嘆人類善用智慧和累積經驗，才能創造更美好的生活環境。

當然，今天台灣所處的環境很特殊，能在經國先生高瞻遠矚，「今天不做，明天就會後悔」的號召下，完成十大建設，帶動經濟繁榮發展，改善人民生活環境，躋身「亞洲四小龍」之首。畢竟，如果社會不安定，像越南、像高棉，我們還能有今天嗎？

──原載一九八一年九月十九日／浯江副刊

澄清湖尋幽攬勝

迎著秋風，踩著朝陽，背著照相器材，我們要去澄清湖尋幽攬勝。先從岡山搭公路局班車到高雄，再換乘計程車直抵「遊覽區」大門前。

澄清湖，原名大貝湖，據說以前是一片荒無的沼澤地，經開闢成為南台灣最負盛名的觀光勝地之一。湖面大約有一百多公頃，環湖有八大景，分別是梅隴春曉、曲橋釣月、柳岸觀蓮、高丘望海、深樹鳴禽、湖山佳氣、三亭攬勝、蓬島湧金，全區總面積達三百餘公頃。

澄清湖風景區對外開放參訪，我們購票直接進入園區。首先，映入眼簾的，是山丘上的圓山飯店，紅柱綠瓦，與青山相輝映，更襯托得出氣宇軒昂；抬頭仰望，藍藍的天，飄浮著朵朵白雲，湖光山色美不勝收。

登上水族館，首先看到的是淡水館，玻璃水箱裡各種美洲魚、非洲魚類，形狀千奇百怪，顏色五彩繽紛，令人目不暇給。尤其，是一些食人魚，可憐地在水箱裡無奈地游動。不久前，曾在《讀者文摘》看過相關報導，概略了解其生性凶殘，一頭牛掉落河裡，只需五分鐘的工夫，就會被魚群瞬間啃噬得剩一堆白骨。如今，目睹被關在玻璃箱裡，倒讓人看不出其凶殘的本性。

海水館和淡水館約莫相距五十公尺，館內落地型的玻璃水箱，比淡水館大了好幾倍，卻顯得了無生氣，畢竟，海生魚類長年生活在波濤洶湧、廣闊水深的世界，一旦被捕捉關進玻璃水箱裏，應是適應不良，想必是不少死於水箱裡，實為可惜！

或許，個人從小生長在海邊，父親是討海人，自已也常在海裏打滾，因此，海水館裏的魚類有些似曾相識，名字呼之欲出，不過，絕大多數的魚類，尚是第一次看到，也算是大開眼界。

走出水族館，擺在眼前有兩條路，一條寬闊的環湖公路和一條狹小的人行道。記得剛進入觀光大門時，幾個計程車司機便爭相拉客，可是，我們有一整天的時間，不必走馬看花，盼能仔細欣賞這園區的湖光山色，所以，我們選擇走人行道。

步下階梯，順著人行道前進，路旁遍植各種花卉和樹木，百花爭妍、萬紫千紅，散發出不同的芬芳；穿越濃蔭蔽日的蜿蜒小徑，不一會兒的工夫，即看到一大片澄碧湖水，就像一面晶瑩的明鏡，映著遠山的倒影；九曲橋橫互其間，平添無限詩情畫意，置身湖光山色之中，真有說不出的舒暢。

走過蜿蜒如虹的九曲橋，也就是園區第二景「曲橋釣月」。路過豐源閣、慈暉樓、兒童樂園，便到了第三景的「柳岸觀蓮」，堤岸垂柳輕拂水面，激起陣陣漣漪；許多不知名的蟬兒躲在柳樹上爭鳴，鳴聲雜而不亂、悅而不噪，像一組鈴噹響在耳畔，舒服極了。

繼續往前走，湖面出現一大片的蓮花，可惜已是近午時分，花蕊早已收斂起來了，只見蓮葉、不見蓮花，心中不無遺憾。而這一個景區，也是釣魚區，許多釣客蹲在柳樹下垂釣，魚竿此起彼落，煞是好看。湖面相距不遠的對岸，濃密的樹叢裏，不時傳來許多吱吱地鳴叫聲，正是「深樹名禽」，構成一組天然的樂章，輕快，悠揚。

從湖畔小徑跨過環湖公路，到了划船區和騎馬場，我們在划船區的涼亭休息。划船區應是一個人工開鑿的小湖，大小與金門的古崗湖不相上下，湖畔柳樹垂地，隨風搖曳；而遠山近景，也頗為相似，一對對的情侶在湖心盪著輕舟，只是管理員拿著麥克風，站在岸邊催促部分遊客租船時間已到，太濃厚的生意氣息，把那份應有的閒情逸緻給破壞了。

我們走到服務台前，希望能買點什麼充飢，只見售票小姐低著頭在吃便當，四周也沒有福利社，查看票根後面的導覽圖，前面幾站也沒有賣吃的，民生問題沒有解決，怎麼能再走下去呢？於是，回到環湖公路，我攔了部計程車。

「到大門口多少錢？」

「一百元。」

我暗忖著，早上大老遠地坐計程車來到大門口，也才五十元，現在距大門口才兩公里，竟索價一百元，莫非是勒索。然而，整個遊覽區就他們幾部車能兜生意，何況，在他們眼裡，遊客是「船過水無痕」，也就予取予求了。

走出園區大門外，樹蔭下停放著許多賣冰水及特產的攤販，爭相招攬生意，因在園區內走了一上午，難免飢與渴，我走近一個看起來比較乾淨的攤販：

「兩杯青草茶。」

雖是中秋時節，可是，南台灣的艷陽依舊毒熱，據說青草茶清涼降火。老闆很熟練起端出兩杯，笑容可掬地遞到小桌子上：

「聽你們的口音，是從北部來的吧！」

「嗯，不是北部，比北部更遠的地方。」

「不是北部，要不然是東部？」

「我們是從外島來的，金門你去過嗎？」

我想，我不必欺騙他，該老老實實地告訴他，因為，個人一直覺得身為一個金門人，是很光榮的。

「什麼！你們是從金門來的？」

原先，他滿臉疑惑，卻突然露出驚喜的臉色。

「哈哈！民國四十七年『八二三砲戰』剛打完，我到金門當兵，那候你大概還沒出生吧！剛到金門的時候，先住在斗門，後來移防水頭，當時金門島上樹木很少，也缺水，老百姓很窮苦，去年我兒子去金門當兵回來，告訴我金門有十幾間電影院，道路都是水泥鋪的，老百姓都種高粱，也有很多人開店做生意，家家有自來水、有電視和冰箱，對了，他帶回來的金門高粱酒，哇！真讚！真讚！」

我一面喝著冰水，一面聽他津津樂道地述說二十幾年前在金門當兵的往事，看他手足舞蹈、神采飛揚，忘了青草茶早已喝完。

「兩杯共多少錢？免啦！免啦！難得能招待你們兩位老遠的金門客人。」

「不行！不行！朋友歸朋友、生意歸生意，有機會歡迎你們帶家人回到金門舊地重遊。」

我塞給他兩張拾元的紙鈔，跳上開往高雄市區的公車，畢竟，人有好也有壞，諸如遇上這位曾在金門當兵的退伍軍人，剛才在遊覽區內，被計程車司機敲竹槓的那股悶氣，早已消失而空。

——原載一九八一年九月二十日／浯江副刊

貓鼻頭望海觀浪

清晨，大地還是一片朦朧，我們已上了高速公路；三弟小心翼翼地握著方向盤，兩旁明亮的燈光疾速地向後飛逝。

昨晚，大家提早就寢，就是為了今天要早一點出門，因為，早晨車子少不塞車，而且，可免老遠的跑到墾丁，已過中午時分，未能好好參觀遊覽，又得匆忙趕回。

提起三弟，便不由得心酸而眼眶濕熱，因為，在他襁褓時，有一天爸媽上山拔麥，讓他獨自在搖籃睡覺，傍晚爸媽回家時，才發現他全身發燙，呈現半昏迷狀態，趕緊抱著他到沙美找尤醫官（師）救治；由於當時是「八二三砲戰」後的第三年，金門到處仍是斷垣殘壁，全村連一台摩托車也沒有，更別說是汽車了，父親抱著三弟，上氣不接下氣地奔跑了三公里，好不容易到了鎮上，豈料，尤醫官測量過體溫之後，嚇得直搖頭，表示發高燒超過四十度，情況非常嚴重，囑咐趕快送尚義醫院。

當時，天已黑，找不到車子到尚義，媽媽哭得死去活來，因為，尤醫官醫術高明，讓他看後直搖頭，看樣子是沒救了，而且，家裡窮得連三餐都吃不飽，何來醫藥費？只好將他抱回家，花三塊錢到村內小店，買了一包「五分珠」，強行灌進三弟的嘴裡。

那一夜，媽媽一直守在煤油燈下，口中唸唸有詞，祈求菩薩保佑救救孩子一命，想不到奇蹟真的出現了，第二天早上，三弟真的清醒過來，高燒也完全退了，幸運地又活了下來。

也許，由於三弟曾發過高燒，思考力可能受影響，因而小學成績幾乎是「滿江紅」；上了國中，依然是許多科不及格，每次成績單下來，只有爸爸最高興：

「科科不及格才好，如果你們兄弟都聰明能唸書，我哪來的錢供你們註冊，再說，能唸書的都出外『呷頭路』，將來家裡的田地誰來耕種？」

因此，大家都認為三弟學業成績不好，將來要留在家鄉種田了。想不到，國二那年，他偷偷在學校報考「空軍機校」，入伍那天，照樣背著書包去學校，中午披著「從軍報國」的彩帶在沙美遊街，村子裡有人看到了，回到村子裡，致賀我們家以後有眷補米糧可領了；父親聽後幾乎快要暈倒，流著淚說：

「原本寄望他不能唸書，能留下來種田，想不到連他也走了。」

其實，爸爸怕家裡田地沒人耕種，捨不得他去當兵，同時，媽媽也不贊成，認為曾發過高燒，反應可能比不上別人，怕在軍中吃不了苦。誰知，進空軍機校經軍中磨練，讓他完全脫胎換骨，頭腦變得很冷靜，反應也很快，做起事來有板有眼，不但以優異的成績畢業，還獲長官的賞識留在學校擔任助教，並把女兒許配給他。雖然，三弟年齡比我小六歲，也比就讀「空軍官校」正期班的二弟小三歲，卻在兄弟五人之中，先為我們家娶回一房媳婦。就像今天要到墾丁旅遊，行程經他事先妥善安排，並親自駕車，更因曾在屏東機場支援服務，對鵝屏公路瞭若指掌，走起來一路順暢。

三弟專心地開著車，默默不說話，讓車輪在平坦的柏油路面飛馳；弟妹則指著車窗外：「金門有沒有水牛？你們看，那彎著兩個大角的，就是水牛，稻田邊那一排排的樹木，枝幹碩壯的是椰子樹、枝幹細長的是檳榔樹，葉子多、比較低矮的則是可可樹。」

看著弟妹不施胭脂，且經常保持盈滿笑意的臉，和那樸實無華的打扮，使我想起媽媽的煩惱絕對是多餘的。想當初，三弟要結婚，媽耽心我們是鄉下窮苦孩子，對象是將門閨秀，真的「門不當、戶不對」，何況，有人娶回台灣媳婦，回金門才住沒幾天，便吵著要回台北，說什麼金門沒路燈啦，晚上到處一片漆黑，金門的糙米飯很硬又不新鮮，所以，媽媽一直耽心人家是將相千金，我們是農家子弟，家庭背景不同，微薄的待遇如何能擔待？

而今天，我卻發現，弟妹雖生長在空軍將門家庭，但給人第一眼的感覺卻是勤儉樸實型的，非但不會黍麥不分，似乎還是那種上山能砍柴、下田能插秧的女孩。於是，我打趣的問她：

「弟妹呀！將來老三退伍回金門種田，妳願不願跟他回去？」

「願意，當然願意。既然嫁給他，當然就要跟著他走。」

「回金門種高粱，很辛苦喔！」

「據說你們家，不！應該說我們家還盛產海蚵，他上山耕田、我可以播種；他下海採蚵，我剝殼。」

談笑間，車子已過了屏東市區，來到佳冬鄉的濱海公路，兩旁不再是綠油油的稻田與婆娑起舞的檳榔樹；右邊，是湛藍的浩瀚大海，晨曦就從山頂灑下來，整個海面波光點點，早起的海鷗振翅飛翔在水面覓食；左邊，是層巒疊翠的中央山脈，薄霧裊繞、山影顯得飄渺嫵媚；而近處的山麓下，鮮綠的牧草像絨布無端地延伸者，青山翠谷裡，一羣羣的乳牛低首在啃草，把山谷點綴得生氣盎然，景緻饒富歐洲牧場的風味，美麗極了。

屏東的濱海公路依海岸線而建，曲曲折折，車子沿者路面彎彎轉轉，愈走左邊的山巒愈低矮，應是愈接近中央山脈的尾端，山麓下不再是牧場，滿山滿谷是蔥鬱的瓊麻，弟妹又指者車窗外：

「恆春有三寶，即洋蔥、瓊麻和地瓜，這三種作物為居民帶來財富，瓊麻就是三寶之一。」

我看著腕錶，已出來兩個多小時了，跑了一百多公里。一路專心開車不說話的三弟，終於開口了：

「貓鼻頭到了。」

只見他方向盤往右一轉，從一條小路進去，約莫十分鐘的光景，從一個斜坡緩緩而下，在一排特產店前停車。

恆春半島位於台灣本島的最南端，真的是四季如春，饒富熱帶叢林的風光和特色，因此，半島上開闢了許多風景區，比較有名的是貓鼻頭、墾丁國家公園、鵝鑾鼻和佳樂水。而貓鼻頭和鵝鑾鼻分別位於南灣兩側，是台灣本島尾端的雙角，遙遙相對，默默地守護者台灣的南疆。

下車後，我們先在特產店前走一遭，大致上都是賣魷魚絲、魚乾、香菇、貝殼之類的。我們向海邊走去，遠遠的，就聽到轟隆轟隆的浪濤聲，待走近一看，果然是驚濤裂岸，好白、好高、好美的海浪，一波波在礁岩上捲起千堆雪。

我們從階梯步下崖岸的珊瑚礁，久經風蝕和海浪沖激，整個岸壁形成許多奇岩怪石，旁邊有一個南海洞供奉者神靈。三弟指著最突出的岩石：

「你們看，那一塊石頭，就是所謂的『貓鼻頭』，像一隻黑貓蹲踞在那裏，面對大海和滔天的巨浪，似在等待獵物，又像在傾訴些什麼。」

我換了幾個角度，左右仔細打量，卻一點也看不出有像貓鼻頭的樣子，伊在一旁打趣地說：「大概已被風化掉了。」

其實，岩石像不像貓鼻頭，我並不在乎，因為，這裡的浪花真的太美了。雖然，家門口十多公尺處就是大海，每天晚上都會在細細的潮音中入夢，但就不曾看過這麼美的浪花，趕緊登上貓巖背台地，上面建有一座望海台，哇！登高望遠，碧海映藍天，台灣海峽和巴士海峽三面環繞者貓鼻頭這塊半島，遼闊的海面及秀麗的風光盡收眼底。三弟又指著遠方說：

「那白色的建築是核能三廠，右邊那個半島就是鵝鑾鼻。」

弟妹又指著大海說：

「如果是傍晚來，火紅的落日浮在水面，彩霞滿天，那景色才棒哩！」

伊和我都迷戀著這裏的浪花，不時地站在浪濤前拍照，依依不忍離去的樣子，弟妹又說：

「要拍浪花，等會兒到佳樂水，那裏的海浪，是從太平洋來的，更高更美。」

——原載一九八一年九月廿一日／浯江副刊

墾丁公園生態之旅

離開貓鼻頭之後，我們又繼續驅車前進，約莫半小時的光景，來到「墾丁公園」的大門前，艷麗的九重葛隨風招展，似乎是在向我們伸出歡迎的大手，讓人備感親切。

「墾丁公園」位於台灣南端恆春半島之南側，大約在海拔兩百多公尺的山坡上，三面環海，是國內唯一涵蓋陸地與海域的公園，也是台灣本島唯一的熱帶區域。據說，「墾丁」之名，是為紀念華路藍縷、以啟山林的開「墾」壯「丁」而名，由於地形特殊，且精緻多變的美景，以及豐富的動、植物，如梅花鹿、台灣獼猴、灰面鷲等，更因擁有各種熱帶植物，天然資源非常豐美，不僅是保育、研究、環境教育的自然博物館，更是國民休閒旅遊的勝地。

進入「墾丁森林遊樂區」大門，車子順著柏油路盤旋而上，兩旁茂密的針葉林，松鼠跳躍其間，好像在向我們點頭問好，到了山上的停車場，迎面又是一些特產店和飲食店，順著階梯而上，「墾丁森林遊樂區」的大門就呈現在眼前了。

大概已是上午十點多了，各地的遊客湧至，我們夾在人叢中排隊買票、依序入內，從濃密的蔭涼小徑而上，首先看到的，是一株茄苳神木，支幹已腐朽刳空，顯係千年老樹了，我們鑽進刳空的枝幹裡拍照留念後，繼續地往前走，到了遊客中心，那是兩層樓建築，樓下供應餐飲、樓上陳列公園發展史料，以及林木使用情形。

從服務台給我們的簡介資料，得知墾丁公園位於恆春半島的中央地帶，面積大約有四百多公頃，地處熱帶海洋性氣候，平均溫度在攝氏二十三度左右，土質大部份是珊瑚岩所構成的台地，有一千多種熱帶植物，到處林木蒼翠繁茂，石筍、石鐘乳分布其間，除了供學術研究，也是台灣本島不可多得的遊覽勝地。

繼續往前走，由玻璃製成的花榭亭台，裡面種植了許多室內花卉，許多盛開的蘭花散發出不同的清香，吸引最多的遊客。花榭亭外左側有一個人工湖，只是湖水已快乾涸，顯得沒有觀賞的價值。

我們沿著參訪路徑行走，觀賞路旁各種熱帶植物。突然，前面出現一個大石穴，石梯直逼穴底，洞內有許多石鐘乳和石筍，泉水就從石縫中滲出來。記得以前在課本裡，曾唸過重碳酸鈣的水和二氧化碳被蒸發後，又變成碳酸鈣在洞穴中沉積，由洞頂而下凝結的，其狀如鐘似乳，叫做「石鐘乳」；而由洞頂滴下的泉水，含有碳酸鈣，在地表向上方堆積的，就叫做「石筍」，真的百聞不如一見，原來「石鐘乳」和「石筍」就是這麼一回事。

經過「銀葉板根」區，這是一片熱帶植物林，由於熱帶多雨，植物根部經常積水，為了呼吸空氣，逐散放出許多放射狀的板根，因而得名。上了望海台，透過樹枝縫隙，可以眺見遠處的巴士海峽。

過了望海台，便到了「仙洞」，洞內狹長，是一條珊瑚礁洞，有一百三十多公尺，遊客一個個依序從這一頭鑽進去，從另一頭走出來，微弱的燈光下，可以清楚地看見洞裏，石鐘乳的造形氣象萬千，出了仙洞，下一站便是「觀海樓」，一棟七層樓的建築，乘電梯直上七樓瞭望，太平洋、巴士海峽、中央山脈和墾丁公園的景緻盡放眼底，據說解說員表示：

「天氣良好的時候，可以看到蘭嶼和菲律賓的北疆小島。」

整個「墾丁森林遊樂區」分成兩個遊覽區，前面我們走過的，算是第一遊覽區，許多遊客來到這裡，似乎都走不動了，便紛紛打退堂鼓，而我們在觀海樓略事休息，喝些飲料，又繼續踏上第二遊覽區，因為，今天有機會來這裏，這輩子能不能再來，就不得而知了，何況，千里迢迢而來，豈能過門而不入呢？再說，第二遊覽區大都是天然絕景，比第一遊覽區更能引人入勝。

果然，進入第二遊覽區，遊客寥寥可數，不再是往來摩肩接踵了，而且，大都是年輕的小伙子。首先第一站是「雨傘亭」，位於高岩絕頂之上，一個亭子如雨傘，也是用來觀賞海景的。下方的「垂榕谷」，許多白榕叢生，氣根垂地，一根根的木柱擎天，煞是好看；在谷中休息，感覺無比的涼爽；攀上「迷宮林」，一大片的樹木，樹葉和枝幹非常繁茂蓊鬱，人若走進去，便分不出東西南北了，所以叫「迷宮林」。我們摸出迷宮林後，弟妹指者前面一條峽谷：

「那是『一線天』，珊瑚礁岩被地震震裂的，我們進去看看。」

的確，走到狹谷裡，抬頭向天，藍色的天空，極像一條細細的藍布條。走出一線天，緊接的「第一峽」和「棲猿谷」兩景點，已豎起「遊客止步」的告示牌，只得停止繼續前進。

雖然，每一站是走馬看花，頗有意猶未盡，但也已精疲力竭。三弟安慰我們：

「『呷乎想，毋通呷乎懨。』保留一些景點，有機會下次再來玩吧！」

順者原路，我們走出「墾丁森林遊樂區」大門口，尋找午餐的地方。

——原載一九八一年九月廿二日／浯江副刊

探訪鵝鑾鼻燈塔

用過午餐之後，我們又繼續前進，差不多一根香煙的時間，便到了鵝鑾鼻燈塔，一座圓柱形約三十公尺高的燈塔，先總統　蔣公的銅像就站在旁邊，坡地青草綿延，碧綠如茵，海邊濤聲雷動，沙鷗羣翔。

鵝鑾鼻，位在台灣島的最南端，是向巴士海峽突出的一個半島，也是中央山脈南向盡處的台地，尖端有如鼻樑挺伸海外，形成三面環海、一面背山的地勢，隔巴士海峽與菲律賓遙遙相望；據說「鵝鑾」是排灣族語的音譯，加諸地形如突鼻，所以稱為「鵝鑾鼻」。

由於鵝鑾鼻地形險扼，是太平洋和巴士海峽浪潮的夾衝地，波濤險惡，暗礁密布，過去常有船隻觸礁沉沒，自清朝年間即開始建燈塔，希望能給予經過附近海域的船隻一個安全的指引。因此，「鵝鑾鼻燈塔」是環台燈塔中，最雄偉的一座，並有「東亞之光」的美讚，已被列為史蹟保存，設有「鵝鑾鼻公園」。

鵝鑾鼻燈塔邊有一間特產部，外邊馬路旁也有許多露天的攤販，擺設了許多玉器、瑪瑙、翡翠、海貝等紀念品，伊對玉器和海貝擁有濃厚的興趣，要弟妹陪她選購，而我則想進入燈塔內參觀，然而，可能是適逢午休時間大門深鎖，無法入內登高望遠及探訪歷史淵源。

我在圍牆外徘徊著，一位臉上鏤滿歲月痕跡的老人告訴我：

「我從十三歲開始討海，就有這座燈塔，大概建有一百多年了，日據時代遭盟軍炸損，台灣光復以後又重建，以前，站在這裡除了可以看海浪、看海鷗，有時候，還可以看到鯨魚浮出水面噴水的情景，所以『燈影鯨泉』是古時台灣八大景之一。」

我們站在「台灣八景鵝鑾鼻」大石碑前，以燈塔為背景拍「到此一遊」的照片留念，然後又繼續往東行駛。

——原載一九八一年九月廿二日／浯江副刊

佳樂水浪濤有聲有色

台灣東部海岸是一系列的台地，地形起伏不定，公路就順者海岸線而建，高高低低、彎彎曲曲，太平洋襲來的浪濤，在岩岸激起了許多美麗的浪花。

大約又經過二十分鐘的車程，弟妹指者海邊一處紫褐色的山巒說：

「那裏就是『佳樂水』，以前稱作『佳落水』，因為，有一道瀑布，由一塊大石頭上傾瀉落海，由於瀑布來自山泉，甘冽清涼，所以叫『佳落水』，後來，又更名為『佳樂水』。」

弟妹像識途老馬，一路不斷為我們介紹沿途的景色。到了佳樂水停車場，目睹浪花濺得半天高，我們迫不及待的買票進入遊樂區。遠遠地，便可清楚地看見整個遊樂區，就依著山海銜接的狹長海岸而建，一路上綴滿紅男綠女，進門不遠的路邊，又是許多零星的攤販，擺設許多活貝類、水晶石、瑪瑙項鍊，不管男的或女的小販，個個口嚼檳榔，有些張著血紅的大口，不斷向遊客招攬生意，有些則丟下攤位生意，躲在礁岩後面玩紙牌。我覺得很奇怪，偷偷地問三弟：

「怎麼連女生也在吃檳榔，滿口黑牙？」

「恆春人無論男女老少，人人都愛吃檳榔。因為，屏東盛產檳榔，他們以老葉、熟石灰及甘草片和著吃，以前，我們駐防屏東機場時，就曾聽說過，恆春人訂婚或嫁娶，少了檳榔一切免談，男女相戀時，檳榔也是男孩送女孩，以博取歡心的最佳禮物。」

三弟曾在屏東機場支援過一陣子，不僅對道路很熟，連當地的風土民情，也略有所悉。

我們好奇地停下來，想買塊晶瑩、剔透的水晶石帶回家作紀念，卻聽到旁邊傳來生硬的台灣國語：

「吃鳥肉啦！烤鳥肉啦！」

原來在紀念品攤位的旁邊，擺設一個烤箱，炭木燃燒生起縷縷白煙，幾隻不見頭和腳趾的小鳥，被烤得焦黑，發出陣陣的香味。

「這是什麼鳥？」

「伯勞，紅尾伯勞。」

對了，這就是每年中秋時節，從西伯利亞南飛的候鳥，紅尾伯勞和灰面鷲，都會在屏東的滿州鄉過境休息幾天，霎時滿山遍野都是鳥，居民利用各種捕鳥器大肆捕捉，政府雖一再明令禁止。可是，他們還不是照樣捕殺？而佳樂水就在滿州鄉，眼前的這幾隻伯勞，飛越千山萬水，竟可憐地躺在那炭火上。我問他們：

「不是禁止捕捉伯勞嗎？」

「烏魚可以捕，為什麼伯勞不能捉？」

說完，她趕緊用報紙把烤箱蓋著，吐出一口檳榔汁，再玩紙牌去了，我不願再問伯勞一隻賣幾元，更別說去吃了。

弟妹在一旁接著說：

「以前才可怕哩，一整片都是烤鳥的攤販，老遠就可以聞到味道，很便宜，一隻烤好的鳥才賣五塊錢，現在觀光局不斷取締，僅存一小部份偷偷地在烤賣。」

穿過攤販區，突然眼前出現海山相接，左邊是蔓草叢生的峻嶺，右邊是浩瀚的太平洋，浪濤一個接一個的吻向海邊，翻騰的浪花，比貓鼻頭那兒的，真的更高、更美、更富有韻味，令人痴迷。畢竟，站在岸邊，忽見潮水退落，海邊便露出許多嶙峋的礁岩，有的像海龜引頸翹首、有的像青蛙蹲地、有的像寶塔，有的像僧帽……，每一塊礁岩，從不同的角度去觀賞，都有不同的造形，而每一塊礁岩都具有獨特的風格，似乎代表著一種飽受侵襲，願與大海繼續博鬥下去，那種堅忍不拔的氣概。因為，只要承受不住海浪的沖激，馬上成砂、成礫，為大海所吞噬。

趁著潮落，遊客紛紛脫去靴子，三五成羣地在岩石找尋貝殼；浪潮湧來時，遊客紛紛逃避，浪濤在礁岩上激起了雪白的浪花，陣陣的潮音，抑揚頓挫，交織成一個雄壯豪邁的進行曲，站在岩岸面向大海，不禁令人有向大海呼喚、向大海放聲高歌的衝動：

「生命不在於長短，而在於生命本身的意義，就像浪濤，雖只有那麼一霎那，卻是有聲有色。」

我們沿著浪花堆積的岩岸繼續前走，便到了「海天瀑布」，一道山泉由天而降，可惜天色已晚，不宜久留，火紅的太陽已浮在水面，彩霞滿天、沙鷗低翔，我們得揮手向佳樂水說再見了。

車子進入山區，東彎西轉，來回在山谷間，上了「鵝屏高速公路」之後加速行駛，回到岡山，夜市的燈光通天明亮、萬頭鑽動，而大鵬村的夜空，已綴滿星斗，上弦月懸掛在西方的天邊。

——原載一九八一年九月廿三日／浯江副刊

坐火車到龍潭

早晨，三弟送我們到岡山火車站，準備搭台鐵快車北上。高雄岡山小小的火車站，大清早旅客不多；也許，是高速公路紓解了南、北的交通瓶頸，不再是一票難求了。上了月台，列車準時進站，上車之後，揮一揮手：

「三弟再見！感謝幾天來的盛情招待。」

火車滑出岡山市區，便進入阡陌縱橫、沃野千里的稻田，因為，我生長在農村，對田園擁有一份深厚的深情。因此，特別拉開窗帘，希望一路飽覽富有南國風味的農村景緻。

火車匡啷匡啷地奔馳者，一路觀賞軌道兩旁的稻田、蔗園、竹林、村徑、溪流、房舍、水牛……，不知不覺中竟睡著了。有人輕輕地拍打我的肩膀，以為是列車長來查票了，揉了揉惺忪的睡眠，卻發現一雙纖嫩的手遞過來一本冊子和一支原子筆。那本冊子，顯然經過許多人的手觸摸過，淡綠色的封面已泛黃，且有多處破損的痕跡；緊接著，那雙細嫩的手，指著冊子上一行紅色的字：「盲啞慈善基金捐獻簿。」

我抬起頭，兩位體態略為豐盈的中年婦人，面帶微笑，且一身樸實模樣；其中，靠近我的那位，用原子筆反覆指著「盲啞慈善基金捐獻」那幾個字讓我看；而站在旁邊的那位，手裏握有一疊花花綠綠的鈔票。

從她手中接過冊子，大略地將冊子翻閱一下，密密麻麻的簽名筆跡，有捐五百元的、有捐一百元的、也有捐十元或五元的，縱然我再愚笨，也該懂得她們的意思了，目的是要我掏錢捐獻「盲啞慈善基金」。

我回頭看了看鄰座的伊，只見她從皮包裏拿出一張百元大鈔。

「我們捐一百元好了。」

我在捐款簿上簽名，將冊子和原子筆交還給她，但見她們僅微微地點頭，就走了，也不說一句話，或許，她們是僅會用手說話的人。

兩位勸募的婦人又繼續向走道兩旁的旅客遞送冊子，然而，非常奇怪的是，竟沒有任何旅客理睬她們，不是視若無睹，便是連忙搖頭，甚至，有一個從睡夢中被搖醒的男客，懊惱地口出穢言，莫非她們真的是聾啞人，或故意裝聾作啞，否則，為啥像沒有聽見似地走了，又進入前面的車廂。

火車晃動著，我的思緒也跟著晃動，所謂「人溺己溺，人飢己飢」，為什麼其他的旅客沒有人願理睬她們，難道是利用籌募「慈善基金」為幌子，在火車上騙像我這樣的傻瓜？或是我看到的其他旅客，正好都是比較沒有同情心的，捨不得為弱勢族群盡一份心力？

誠然，金門長期處在敵人的砲火下，但各項社會福利措施完備，臻至「老有所終，壯有所用，鰥寡廢疾者皆有所養」，號稱是「三民主義的模範縣」。事實上，金門沒有乞丐，如果有慈善募捐，除了開收據，均會適當公布款項收支情形，而剛才那兩位婦人，只是不說話，但不說話者，不一定是聾啞呀！

對了，報刊上常有假藉名義募捐斂財的新聞，前些日，台中有一戶人家三個小女孩被洪水沖走，其父印製幾十萬份求援信，從電話簿上抄錄住址，光是郵資就花掉幾十萬元，結果收回數百萬元的善心捐款，他拿那些善款買進口轎車、經營酒廊，以大亨的姿態出現在台中市。

想到這裏，一股被騙的感覺不斷在胸中滋長。伊安慰我：

「算了吧！區區一百元，就算是我們剛才喝了一瓶飲料，說不定，他們真的是在為盲啞籌募基金，算是日行一善，助人為樂。」

火車過了八卦山，天氣開始陰霾起來，好像要下雨的樣子，早上在高雄穿著短袖的衣服，尚且覺得燠熱，而現在，似乎開始覺得有點冷。幸好，火車過了楊梅站，中壢就到了，下車搭上計程車，直往龍潭大姐家奔去，一路上心裡想著：盼望我早點娶妻成家，且多年不見的大姐，等會兒見面不曉得將有多高興？

——原載一九八一年九月廿四日／浯江副刊

參訪中正紀念堂

在龍潭大姐家住了一夜，見到闊別六年的大姐與姐夫，也見到三個活潑可愛的小外甥。台灣和金門同屬中華民國的領土，卻因海天阻隔，且金門還是戰地，兩岸隨時可能再爆發戰爭。所以，台、金之間，並沒有開放飛航民航班機，一般人只能搭乘海軍軍艦到高雄，由於海上顛簸，許多會暈船的人，常一路吐得死去活來，嚇得不敢再搭船。也因此，大姐嫁到台灣六年了，遲遲不敢回娘家。

再見到大姐，實在太高興了；大姐看到我要結婚了，也同樣滿心歡喜；姐弟難得聚首，一夜長談，不覺東方天際已露白。用過早餐之後，我們從中壢搭車上台北，從建國南北路轉入重慶北路，直抵台北後火車站，再轉計程車去松山。

看看時間，已是近午時分，欲趕去台北地院公證處辦理登記手續，時間上顯然是來不及了，決定先撥電話給在附近的朋友們，告知他們我來了。

金門地處前哨，新的知識不易獲得，五年前，我從台北實習回金門後，便苦無機會再來台北，今日科技發展瞬息萬變。五年來在照相製版分色設備及技術方面，台北進步太多了，而我們仍在原地踏步，許多設備零件和材料早已停產，所謂「保持現狀，便是落伍。」因此，難得有機會來台北，除了旅遊訪友，吸收新知技能，也是此行的重要目的之一。

家住松山區的小謝，曾與我在永和「三協公司」一起當學徒，這些年來，他老兄一再地跳槽，一家學得差不多了、又跳到另一家，總算「長年媳婦熬成婆」，當兵退伍後，目前在《聯合報》做最精密、最進步的「雷射電子掃瞄分色」工作了。

先撥電話給他吧，告訴他，我從海的那邊來了，人就在松山的美仁里，育達商職八德路側門外。由於路況不熟，恰似「雲深不知處」，不曉得離「聯合報」大樓有多遠？

七位數的電話號碼撥完，只見電話線的那一端，傳來熟悉又興奮的聲音：

「經光復路口左轉進入忠孝東路，聯合報大樓就在『國父紀念館』斜對面。」

「既然很近，坐計程車不見得較快。」

果然，才漫步幾分鐘，聯合報大樓在望了，小謝帶我們上樓，嶄新的鐳射掃瞄分色機，新台幣一千六百多萬元買的，運用鐳射光、無需接觸網目屏，掃瞄速度既快、效果又好，看他們在操作分色製版，真是神乎奇技，嘆為觀止。

吃過午飯，趕往公證處，服務台小姐拿出一些表格：

「把這些表格詳細填好，還有兩位當事人及證人的私章和身分證。」

填好表格，驗過身分證，也就沒事了，大概因上個月是農曆七月，結婚的人少，統統擠到「月圓人圓」的八月來了，所以，不能隨到隨辦，只有等明天再來了。

「到『中正紀念堂』參觀吧！」

順著延平南路，經貴陽街，在北一女門口公共電話亭，我撥個電話給在總統府工作的表哥；三年不見的他，接到電話立即請假出來，陪著我們一起步向剛落成不久的「中正紀念堂」。

遠遠地，我們清楚地看見巍峨的「大中至正」牌樓，唯正在興建第二期的「國家劇院」和「國家音樂廳」及地下停車場，我們只得從右側門進去了。

「中正紀念堂」占地遼闊，已完成的首期工程，包括中正紀念堂、亭園、牌樓、園牆迴廊等，全部建築採中華文化固有風格，以青天白日的藍白色為主色調，象徵自由、平等的精神。這是海內、外同胞為永懷先總統　蔣公德澤，踴躍捐輸、虔誠獻力興建的紀念堂。

佇立在紀念堂前，秋天特有的晴朗藍天，朵朵悠遊的白雲，紀念堂金碧的寶頂，深藍帶紫的琉璃瓦，在陽光下襯托得光耀奪目。我們懷著莊嚴、肅穆的心情，慢慢拾階而上，表哥指著階梯說：

「這些階梯共有八十九層，是用花崗石條砌成的；而這些花崗石，正是從我們金門運來的。」

我仔細地看著階梯，淡藍色的花崗石，堅固、強硬，正代表著堅忍不拔和大無畏的金門精神，覺得這是金門人的榮譽與驕傲。因為，先總統　蔣公德澤廣被金門，自民國三十九年十二月十七日首次巡視金門防務之後，迄民國六十四年四月五日崩殂，二十餘年間先後蒞金巡視三十次，駐蹕一百五十二天，走訪金門本島和各離島，實地關懷戰地軍民生活，激勵官兵士氣，並曾於太武山巔勒石題「毋忘在莒」四字，勉勵軍民團結、反共復國，並手諭建設金門為「三民主義模範縣」，因而將金門從荒蕪的海中孤島，建設成為名聞中外的「海上公園」。甚至，連他身邊的貼身護衛，都用金門人；不幸崩殂靈柩暫厝桃園慈湖陵寢，移靈的護棺官，也都是金門人，由此可管窺與金門人的深厚關係。

的確，每一個到中正紀念堂參觀的金門人，當他知道這些花崗石是從金門運來的，「美不美、故鄉石；親不親，故鄉人。」相信沒有人不感到高興而驕傲的。

步上階梯頂端，二樓白色帶光澤的大理石牆壁，晶瑩、剔透。從拱門進入堂內，老人家慈祥的銅像端坐在正中間，後面牆壁上寫著：「倫理、民主、科學」幾個大字；我們肅立鞠躬致敬，並合影留念。

「走，我們到樓下參觀。」

表哥帶我們步下樓梯，陳列室擺置著他老人家的衣物、用具、墨跡等等，服務小姐仔細地為我們介紹，讓我們目睹一個偉人的生活，竟是那麼的簡樸；從他閱讀過的書籍所加的眉批，清楚發現治學專精的情形；同時，從牆壁上系列張掛的照片，從東征、北伐、抗戰、剿匪，以及復興基地反共復國大業之建設，更清楚看見他老人家一生為黨為國、為實行三民主義而奮力不懈。雖然，他老人家已離我們遠去，可是，他的精神卻萬古長青，永遠與我們長相左右。

走出「中正紀念堂」，面對正門外寬敞的水泥道旁，飄揚著兩排美麗鮮艷的青天白日滿地紅國旗，地面則芳草如茵，像少女微笑般地柔美、幽靜，亭園裏更是花團錦簇、五顏六色，美不勝收，彎形的拱橋橫跨水塘，池水澄靜無波，和藍天相輝映，美麗極了！塘邊柏榕相間，遊客往來雜沓，有好幾對新人，正在如人間仙境般的亭園拍婚紗照。

我們在亭園間信步轉了一圈，又踅回到介壽路，面對台灣寶島欣欣向榮的景象，更深深覺得參觀「中正紀念堂」，我們除了要擁有一份無盡的哀思與崇敬之外，更應該恪遵老人家的遺訓：「實行三民主義、光復大陸國土、復興民族文化、堅守民主陣容」而矢勤矢勇、毋怠毋忽。希望有一天能使青天白日的光輝普照整個疆土，倫理、民主、科學的三民主義福祉，均霑於大陸同胞的身上，以告慰他老人家的在天之靈。

——原載一九八一年九月廿四日／浯江副刊

攜手公證走過地毯那一端

清晨一早，從士林堂哥家趕到公證處，已是九點多了。

台北公證處在延平南路一百九十八號二樓，大清早樓下巷子裏，就停滿各式各樣的禮車，喜氣洋洋；上了二樓，一對對的新人，新郎大都西裝革履、新娘有些披載白紗；有些僅穿大紅洋裝，有些更配戴得珠光寶氣，金光閃閃，在場的親友，個個人逢喜事精神爽，顯得眉飛色舞，興高采烈地準備參加公證典禮，現場鎂光燈閃個不停。

趕緊排隊完成報到手續，等候點名進入公證廳，幫忙福證的報社駐台聯絡官王克昉先生暨夫人也來了。本來，親朋好友都表示要來參加我的婚禮，大姐帶著一家大小要從桃園起來、三弟和弟妹要從高雄北上、堂哥堂嫂以及姑媽、姨媽等等都住在台北市，可是，我不希望勞師動眾，何況，公證處結婚人數太多，每梯次十數對，新人把禮堂都擠滿了，並沒有多餘的空間讓親友來湊熱鬧。因此，親友們要來台北，都被我婉拒了。

只有二弟，他獨自一人在台中，一再打長途電話表示今天基地正好沒輪值，無論如何都要趕來參加婚禮，幫我們照相，昨晚已來到板橋。公證結婚典禮就要開始了，禮堂內外熱鬧烘烘：

「等下要照相嗎？很便宜，一組四張兩百五十元；如果要拍結婚照，憑這張名片，半價優待再打八折，電話聯絡，專車接送。」

一位操外省口音的男士，胸前背著一架照相機，閃光燈架得高高的，遞過一張名片，應是幫人照相的專業攝影師。

「謝謝你，我們自個兒帶有照相機。」

我指著手提包，表示自己帶有相機，可是，心裏却暗忖著，二弟說要來，典禮馬上就要開始，怎還不見蹤影，萬一他趕不來，請別人幫忙按快門，人家願意嗎？會調焦距嗎？我開始著急起來，而那位攝影師來兜生意，我已拒絕，假若二弟真的趕不來，攝影師又已答應別人，一輩子才結這麼一次婚，婚禮沒有留下幾個鏡頭，實在不無遺憾！我東張西望著，盼二弟奇蹟似地出現。

時間一分一秒地過去，公證人穿著法袍，魚貫地走進公證廳了，趕緊拉著伊進入公證廳，裡面人聲吵雜，閃光燈此起彼落，公證人上台了，開始點名，第一個就叫到我和伊的名字，我們走上前去，心裏卻懊惱極了，家裡開照相館，每天幫別人照相，一輩子難得的婚禮，竟沒有人幫我們攝影留念，真的懊惱極了。公證人繼續點名，站在旁邊的那對新人，他們請人用大型錄影機在錄影，明亮的燈光照得我眼睛睜不開。

「二弟來了。」

伊首先看到二弟，滿頭大汗地衝進公證廳裏，我抬起頭，師父也出現在眼簾裏了，所謂「一日為師，終身為父。」昨天，電話中我不敢騙他，婚禮就在今天舉行，而這個時間，正是他的上班時刻，想不到也趕來了。師父本身就是一個攝影高手，以前，他是總統 蔣公的近身侍衛，退伍後被《中央日報》送往日本學照相，五年前，我跟他學照相。師父顯然是有備而來，胸前的閃光燈閃在我們的臉上，而二弟拍照也有一手，拿起相機也加入拍照的行列。

典禮開始了，首先是公證人在台上，唸了些白頭偕老之類的祝詞，緊接著，司儀依序唱著：

「新郎、新娘向公證人鞠躬致敬；新郎、新娘相互鞠躬敬禮；向後轉向觀禮的證婚人鞠躬；頒發結婚證書；禮成。」

整個公證儀式，短短不到五分鐘就完成，典禮簡單、隆重，正符合我們的原意。

走出公證廳，連忙向前來福證的王伯伯和伯母鞠躬致謝，也向師父握手致謝，他表示必須趕回去上班，交給我一張紙條，便急急忙忙地步下樓梯，紙條上寫著：

「孔子誕辰紀念日，我在家裏等你，南港路線圖繪在背面。」

走在長廊，二弟怕我怪他遲到，趕緊說：

「我很早就坐公車到中華路北站，換搭計程車，告訴司機公證處在延平南路和平醫院旁，沒有想到那個山東佬說：

「小弟，別急，我開了十幾年計程車，不曉得公證處在哪裏，還混什麼吃？誰知，他把車子開到總統府旁邊的地方法院，眼看情況不對，才再轉到這裏，還好沒有錯過婚禮。」

「公證處確是剛搬來沒多久，又在巷子裏的二樓；昨天，我來辦理登記手續，司機也弄不清楚，同樣把我載到總統府旁的地方法院。」

這個時後，整個公證處擠得水洩不通，許多記者，有男的、也有女的，每個人手裏都拿著照相機或錄影機。原來，是新聞熱門人物「反共義士」周令飛和張純華，排在下一梯次公證結婚，好不容易擠到樓下，但見整條巷子人山人海，除了記者，湊熱鬧的人也不少，大家爭著一睹這對歷盡千辛萬苦、「有情人終成眷屬」的情侶。

我們不是專程來看熱鬧的，但卻被我們遇到了，正因不趕時間，可順便看看周令飛和張純華的手采。

站在人叢中，大約十點半，一輛銀色的豪華驕車，上面綴滿著紅色的花朵，緩緩地駛進巷子裏，記者羣們蜂擁而上，把車子團團圍住，霎時，數百隻閃光燈齊亮，留著小鬍子的周令飛瀟灑地挽著新娘子張純華，慢慢步上二樓，記者們也跟著追隨而上。

「總算看到他們了，夠了，其它的回去再看電視新聞。」

所謂「生命誠可貴，愛情價更高，若為自由故，兩者皆可拋。」周令飛為追求自由和愛情，不惜犧牲在大陸高幹子女的種種特權享受，寧願投奔復興基地，而我們早就生長在這片自由的樂土，我們擁有自由，也擁有愛情，我們還奢求什麼呢？

我挽著妻的手，迎著延平南路亮麗的陽光，邁向生命的另一個旅程。

——原載一九八一年九月廿五日／浯江副刊

溪頭杉林好風光

昨天搭金馬號班車南下，到達台中車站，夜市已開始收攤了。

今天一大早，又是一個晴朗的好天氣，二弟帶我們到台中公路局後車站，搭巴士前往溪頭。一路上，經過沃野千里的稻田，也經過溪圳、農莊、果園，然後駛入山區，車子便「像一條飛蛇，在黃山三十六峯半中腰盤旋穿插」，忽兒低頭俯視，車窗外是萬丈深淵、急水湍流，觸目是斷崖絕壁，萬分的驚險。

的確，巴士在山路盤旋，忽兒抬頭仰望，亂石累疊、蔓草叢生。乍看之下，山窮水盡疑無路，可是，轉了一個彎，又出現一條明朗的路，車子漸漸地爬高，從車窗外，可以清楚地看見羣山聳立，白雲翻騰在山之巔，越過一峯又一峯，峯峯之間，都是滾滾的白雲，像是一條緊纏羣山飛舞的白色絲帶，起伏飛揚，令人痴迷；而靜止時，則宛若新娘子的面紗，一層虛無縹緲的霧氣，使人看不清山嶺的真面貌，令人彷彿置身於國畫山川景象之中。

司機小心地駕著車，旅客則紛紛探看車窗外的景色，後座的一對青年人，大概也是跟我們一樣，頭一次來溪頭，竟驚叫起來：

「哇賽！山山相連、木木相接，尤其，谷子裏的那片竹林，陽光就灑在綠葉上，太美了！」

有人透過車窗，咔嚓咔嚓地拍攝車外的青山翠谷，抵達「溪頭森林遊樂區」的大門時，車子大概足足開了兩個多小時，也快接近中午了。購票進入遊樂區內，肚子也餓了。

「先吃午飯，要不然，等會兒山路會走不動的。」

遊樂區內的左側，有一棟餐廳，依山而建，正門在山頂，地下室則在山腰；二弟帶我們拾級而上，才進門，迎面是濃郁撲鼻的芳純筍香，偌大的餐廳坐無虛席。走到服務台，櫃台小姐對每一個旅客重覆地說著：

「只有客飯，其他的都沒有，請買飯票。」

我們買了飯票，旁邊的小姐馬上取出盤子，動作乾淨俐落地一個盛飯、另一個在白米飯澆上帶有湯的筍絲，並鋪上一塊五花肉，附上一碗筍絲清湯。上述動作完成後，我們各自端著餐盤找位子坐。

雖然，午餐很簡單，但整個餐廳包括我們在內，大家吃得津津有味，不曉得是煮法不同，還是溪頭的竹筍不一樣，那種芳香，令人回味無窮。我貪婪得想再買一客來吃，妻卻阻止我：

「不！好吃的東西，吃多了便沒有味道了。」

吃過午飯，穿過一道鋼索吊橋，便進入一片台灣杉林，挺直的杉木一根根直聳天際，濃密的杉葉像一頂幔帳，把陽光都遮住了，陰森森的，大概昨夜剛下過雨的樣子，地上有些積水，顯得滑溜溜的，處處可聽到淙淙的水聲和蟲鳴，還好遊客往來摩肩接踵，那股陰森蕭瑟的氣氛全給驅走了。

順著蜿蜒的林蔭小徑，一路峰迴路轉，蠶叢鳥道，差不多走了二十分鐘，視線便豁然開朗，哇！原來是到了大學池，一潭靜謐無波的水，跟家門前的那口水塘大小不相上下，但是，她靜靜地躺在那裏，沉靜的湖水映著杉木的倒影，如同一面千年古鏡，照過無數晨昏之後，顯出一份安適與恬靜美，令人一看就打從心坎喜歡。同時，一座拱形竹橋橫跨池之兩端，人走過去，搖搖晃晃，別具一番情趣，我們就站在竹橋上拍照留念。

太陽出來了，雲霧暫消，遠處山巒的輪廓漸次明朗，燦爛的陽光，也驟然躍升於山巔，青山翠谷，美麗極了。可惜，只有短暫一會兒的工夫，雲霧旋即驅走金色的光芒，霎時天昏地暗，竟下起嘩啦嘩啦的大雨，遊客紛紛走避，我們沒有帶傘，趕緊躲到通往「青年活動中心」吊橋邊的涼亭避雨，免得淋得一身濕。

雨中的大學池，掀起陣陣的漣漪，伴著淙淙的流水，也擁有一份獨特的美。

涼亭裏也有一些避雨的年輕人，他們在交談著：

「為什麼叫大學池？大概是台灣大學實驗林中的一個水池，所以叫做『大學池』。」

在涼亭裡躲雨，不一會兒等工夫，雨停了，我們繼續向前走，穿過一片更粗更高的柳杉林，沿一條石階逐級往上攀，再換一條彎彎曲曲的柏油路往上爬，大約半小時的光景，便看到一株鶴立雞羣的參天古樹，枝幹老態龍鍾，遊客爭先站在前面拍照留念。

「這是一株神木。」

根據樹前的一塊木牌標示，這是一株紅檜，樹齡已逾兩千八百年，樹幹直徑有五點五公尺，樹高有四十六公尺，樹心早已腐爛變成空，成為一間樹屋，旁邊挖一個洞當門，遊客紛紛鑽進樹心拍照留念。我們也不例外，鑽入樹屋裏，沒有電燈，卻滿室明亮，抬頭向天，原來整個樹心全空了，由於上半截似被風吹斷，可以清楚窺見藍天白雲翱翔。

妻問我：

「整座山，為什麼只有這一棵樹能活兩千多年？」

「所謂『優勝劣敗，適者生存。』生命，是一連串不停地搏鬥，或許，從它幼苗起，便能堅強地承受風雨的侵襲，戰勝一切蟲害，勇敢地和大自然奮鬥下去。」

其實，一棵樹能活多久，並不重要；重要的是，要像神木一樣，樹心雖死，表皮卻勇敢地向外生長。

從神木步道走下崎嶇的山坡地，一路參天的紅檜林，妻又問我：

「幾千年後，這裏不知是否又多了許多神木？」

「如果他們能經得起自然界的考驗，如果人類不濫加砍伐，也許兩千前後，我們第二十幾代子孫來這裏參觀，這裏是一片神木林。」

「哈哈！」

我們都笑了，兩千年是多麼漫長的一段時間；畢竟，兩千年前是秦、漢時代，人類騎馬，用刀、用弓箭在打仗；而兩千年後的今天，人類登上月球，可以在千百里外的地方運籌帷幄，用一個指頭按電鈕，消滅千里之外的敵人，因此，誰能知道兩千年後，又是怎樣的一個世界呢？會不會那個時候人類來這裏，是在樹下茹毛飲血，或鑽木取火？

我們一面談笑著，不知不覺中走進一片孟宗竹林，放眼儘是一片蒼翠挺拔的竹子，和杉木林一樣，為了吸取充足的陽光，一節節地直聳天際，雖然，地面崎嶇不平，且石塊雜陳，但竹林下沒有其它雜草，僅有青苔，真是「如果放眼能望盡天涯，天涯也是一片綠」。只可惜，大概是陽光被雲層給遮了，竹林下也陰陰的，否則，陽光下的竹林當會更美的。

經過悉由竹子搭建的竹蘆到達苗圃，許多植物的新生幼苗，正在裡面茁壯，旁邊樹叢裏，隱藏著許多低矮的蜜月小屋，二弟指著那些紅瓦小屋，開玩笑地說：

「要不要住一晚，體驗山林美景？」

「不用啦！咱們家門庭外海濱的夜色，更美！」

事實上，對於那些長年累月生活在喧鬧都市的人來說，能在這片靜靜的山林裏住一夜，確是一件難忘的事，因為，空氣清新，「結廬在人間，而無車馬喧」，可是，對我們來說，卻是家常便飯，因為，生命二十幾年來，天天住在金門的鄉村，尤其，我們家依山面海，白天聽蟬鳴叫和鳥兒歌唱，看鴨鵝戲水。晚上，十多公尺外的海灘，細細的潮音伴我們入夢，所以，這種山間小屋算什麼呢？

回到遊樂區門外，跳上開往台中的班車，經過中興新村，回到台中車站，已是華燈初上，滿街廣告霓虹閃爍不已。

——原載一九八一年九月廿六日／浯江副刊

遊石門水庫亞洲樂園

本來，今天的行程預定要上阿里山，因二弟基地臨時有要公，無法帶我們上去，在路況不熟的情況下作罷，只得再搭車北上桃園。

值得一提的是，昨晚險些被計程車「被鴿子」。來台灣近十天了，先後跑過高雄、台北和台中三大城市，坐過無數次的計程車，依我個人的感想，按跳錶計車資，互不相瞞、賓主皆歡。然而，在中壢市同樣的路線，來回搭過幾次，收費價錢卻不盡相同，因為，不按跳錶計車資，而是看機會漫天要價。

昨晚，當我們在中壢站下車後，運將們爭相阻街接客。言明到大漢營門口，按叫客坐滿四人開車，每人五十元，然而，車出龍潭郊外，末班公車就在前方吐著黑煙爬行，四野一片漆黑，司機老兄看到末班車已發車在前面，逮住敲竹槓的機會，便把車子停在路旁不走了。後座一位操四川口音的婦人嚷著：

「大漢營不是還沒到嗎？」

「是還沒到，但太晚了，我不想去了。」

司機往車外吐了一口檳榔，然後緩緩地說出這句話。

「怎麼可以這樣？」

「每個人再多二十塊錢，要不然你們下車好了。」

「剛才不是講好價錢了嗎？」

「妳不坐，妳下車嘛！」

那位婦人跟他爭論起來，荒郊野外，人生地不熟，大姐一家人正等著我們吃晚餐，何況，運將普遍有組織或彼此有默契，敢於半路勒索趕人下車，恐怕也沒有人敢接手載客，所以，在「兩害相權取其輕」的情況下，衡量得失之後，我應允貼補他車資，促其繼續開車。因為，既然錢能解決事情，還有什麼好爭論的呢？

回到大姊家，心裡仍有一些不舒服，我不是為多花幾十塊錢而難過，而是痛心身處禮義之邦，竟還存有蠻夷之人。

今天，欣逢星期假日，外甥們不用上學，一直拉著我：

「舅舅，帶舅媽，我們一起去亞洲樂園玩。」

「亞洲樂園」就在石門水庫旁，距離大漢營約莫五、六公里之遙。我們分乘兩部腳踏車前往，差不多十分鐘的光景，便抵達「石門水庫」高線管理站的大門，這個景點以前曾來過，左側的芝蔴大酒店，昔日金碧輝煌、美輪美奐，門前停滿各式的高級轎車；而今，不知何時竟遭祝融光顧，焦黑的斷垣殘壁，門外更是蔓草叢生，看來頹廢已久，就擺在石門觀光遊覽區的門前，任其荒蕪，未免有礙觀瞻，讓遊客留下美中不足的印象。

我們沿著攔水壩前進，站在洩洪道上，右邊是湛藍深邃的湖水，數艘遊艇在水面緩緩滑行，中央的半島豎立著「仙島」的字牌，島上林木蓊鬱、花兒爭妍，景色非常清幽。外甥告訴我：

「上面有山地歌舞表演及兒童遊樂設施。」

石門水庫的洩洪道，有十幾層樓高，下方則是水力發電廠。當初，大漢溪水經過這裏，因沿岸群巒崢嶸對峙，形成一道峽谷，狀如石門，所以，所修築的水庫因而得名。

經過洩洪道，先總統 蔣公持拐杖的銅像，慈祥地站在雲霄大飯店前面山坡上，右側往斜坡下的水邊，停放著一排排出租的遊艇；面對這一片湖光山色，是該租條船下水玩玩，無奈外甥不肯，一直拉著我們：

「不要坐遊艇，我要去亞洲樂園開碰碰車和騎電動馬。」

於是，我們順坡而下到了溪洲公園，裏面雜陳各種翠綠的花木和果樹，樹下有許多動物石彫，無論生態或表現，都維肖維妙，栩栩如生，令人嘆為觀止。

買票進入「亞洲樂園」，大概是星期假日，學生及青年朋友特多，驚險的雲霄飛車、噴射客機型的空中纜車、電動碰碰車、電動帆船、電動馬……，應有盡有，大家興致勃勃地遊玩，若非太陽已中掛，大姐已準備好豐盛的午餐，一再地催我們儘快回去，否則，不但小外甥玩得樂不思蜀，就是我們也差點要給迷上了。

——原載一九八一年九月廿七日／浯江副刊

台北永和舊地重遊

人是一種感情的動物，也有念舊的習性。

從士林堂哥家出來，我取出兩瓶從金門特地帶來的高粱酒，準備前往永和拜訪五年前實習公司的老闆，希望順便請教一些技術上的問題。

堂嫂看到我們又要出門，一再交代：

「來這麼多天，每天都早出晚歸，未曾在家裏吃過飯，今天無論如何要回家吃晚飯，我已經準備好了。」

來到台北，不少親戚朋友為我準備客房，但都不敢去麻煩他們，儘量住在士林堂哥家，因為，在台北堂哥算是我最親的人，因為，堂哥的父親，也就是我的大伯父，於民國三十四年日本投降那年底成親，翌年伯母有了身孕，還未等孩子出生，伯父被「抽中壯丁」，一行兩百餘人編入國軍第七十師，從金城南門渡頭登船開拔至大陸作戰，從此音訊全無。

堂哥出生後，便跟我們生活在一起，小時候到沙美唸小學，我在路上走不動，堂哥背負我；遇刮風或下雨，他脫去身上的衣服讓我穿，雖然，不是我的同胞兄弟，但比親哥哥更愛護和照顧我，兄弟之情，堪用「手足情深」來形容。

民國五十三年，金門成立「陸軍第三士校」，一時風起雲湧，吸引金門青年熱烈響應；堂哥率先報名，消息經《金門日報》記者採訪上了新聞版面，順利入學之後，同期入伍新生四百餘人，經送往台南隆田基地受訓，回到金門後，時任國防部長的經國先生，曾蒞校召集學生隊伍訓示，對戰地青年從軍報國的熱忱及健強的體魄讚不絕口，因而派員校閱點名，遴選一百零八名學生送憲兵學校接受更嚴格的訓練，結訓後分派到「七海官邸」，護衛總統　蔣公安全，是所謂的「金門一〇八條好漢」，堂哥就是其中「好漢」之一。退役後留在士林成家立業，育有一男一女，生活幸福美滿。

「好啦！今天晚上我們一定回來吃晚飯。」

走出大北路，跳上開往中華路的二一八路公車，到了中華路，再換二一四路車，過了中正橋，在竹林路口拉鈴下車。

五年前，我和另兩位報社同仁被分發到永和製版廠實習，那裏的大街、小巷，都曾留下我們的足跡，尤其，就在中信百貨公司附近租屋，當時，中信百貨算是竹林路最高的建築，而今再次來到中信公司前面，放眼望去，滿街都是比中信公司還高的大樓，當年實習公司的四樓建築，早已隱沒在許多巨型招牌之其中。

在台北的印刷界，流行著「機器一滾，鈔票一捆；機器一響，黃金數兩」的玩笑話，比喻印刷就像印鈔票的行業，聽說我們回金門之後，老闆又賺了大錢，一口氣買進四部平版印

刷機，也買了樓房，並創辦幼稚園。記得我們在的時候，製版廠剛成立，只是起步而已。據側面了解，老闆出身南部農家，高中畢業後家庭環境所迫未能升大學，隻身到台北在印刷廠當學徒，夜間再去補習，五年後考取師大工教系，畢業後一面教書、一面開工廠，想不到才幾年的工夫，一躍成千萬大富翁了，真是一個白手起家的年輕人。

走進公司大門，樓下以前是業務部，現在已擺滿印刷機，上三樓見了老闆，五年不見的他，依舊是滿面笑容，只是頭髮禿了不少，腰圍也明顯寬廣了許多。

當然，老闆是印刷行家，也是印刷科的老師，實務經驗與理論自然不在話下。因此，未等我開口請益，老闆便指著桌上我帶去的酒盒子說：

「金門的高粱酒是世界級的產品，為中外嘉賓所喜愛，然隨著科技不斷地進步，工商成品包裝日益重要，金門高粱酒包裝盒似乎嫌土了一點，你們要不斷地追求突破，請專家設計，才能在國際市場上更受歡迎。」

事實上，《金門日報》籌設「彩色印刷廠」，其目的就是為了承印「金門酒廠」包裝盒，可是，金門地處戰地前哨，新的知識和技術獲知不易，加上材料必需戰備儲存，難怪印刷品質永遠趕不上時代。老闆繼續指著酒盒說：

「先天不足，後天失調，像你們這樣一回去五年了，只有你能利用婚假再來台北，現在分色方面技術方面，台北作法改進很多了，你們還用以前那套嗎？」

「購買新設備、加強人員訓練、強化品質管制，這正是目前我們長官最重視的課題，也是全體員工努力的方向。」

「好啦！難得今天你老遠渡海而來，今晚讓我為你接風。」

「謝謝老師，今晚我堂哥等著我回去吃飯，下次再來才讓您請好了，在金門的幾位學生，都竭誠歡迎您能到金門旅遊，讓我們好好招待一番。」

老闆送我們到大門口，趕回士林時，堂嫂已做好一桌豐盛的飯菜，堂哥離家十幾年，兄弟異鄉聚首一起吃飯，一股親情的暖流滿心頭，兒時的情景又一一浮現在眼前。

——原載一九八一年九月廿七日／浯江副刊

野柳風光美不勝收

拿著師父畫給我的地圖，搭上往南港「胡適公園」的班車，由於路上正舉行萬人迷你馬拉松賽跑，路上盡是男男女女、老老少少的參賽選手，車抵「胡適公園」前，司機告訴乘客，前面人太多，車子開不進去，原來，「胡適公園」是賽跑的終點，但見人山人海、萬頭鑽動，早先抵達的選手已有數千人，五顏六色的運動衣，把公園綠色的草木都淹沒了。

往研究院路直走，進入「胡適公園」人叢裏，由於選手擠爆公園，無法順道憑弔一代賢哲，順著師父畫的地圖，經過長巷、跨過小橋、繞過山邊，便出現一系列的豪華公寓，按門牌號碼找下去，終於找到師父家，已是近午時分了。

接受師母豐盛的午餐招待後，由師父開車載我們駛向「麥帥高速公路」，二十分鐘後，車子順著山坡彎路而下，便進入「翡翠灣遊樂區」，停車場停放一大片的汽車，像夜市鞋攤整齊地排列著，五彩繽紛、鮮艷奪目，岸邊是一大片的兒童樂園，許多水生動物泥塑雜陳其間，有張著大口的鱷魚、仰天長嘯的河馬，纏在樹枝上的巨蟒，飛躍在半空中的海豚……，吸引許多小朋友觀賞的目光。

步下沙灘，湛藍無邊的大海，浪濤一波又一波地吻在白色的沙灘，岸上則架著一支支的涼傘，成千上萬泳客在戲水弄潮，也有用汽車拖動降落傘，將傘帶人一起騰空吊起，飛越一段距離後，才緩緩地降落在沙灘上，享受短暫的翱翔之旅。看他們在追逐、嘻戲，天真活潑地朗笑，使整個沙灘充滿一片青春活力和朝氣蓬勃的景象。

右邊的山坡，許多蜜月小屋依山面海而建，不僅造形奇特，更充滿著浪漫和羅曼蒂克的氣氛，遠處山之巔，滑翔翼一架架從山頂借著風力起飛，在沙灘上忽高忽低、自由自在地在藍天翱翔，與白雲為伍；看來「翡翠灣遊樂區」從去年五月一日開幕以來，由於先天環境幽美，遊客能享受陽光、綠野和浪花，怪不得遊人如織。

面對饒富詩情畫意的白色沙灘，我們因為沒有帶泳裝，只能脫去靴子，捲起褲管，讓浪花沖洗我們的足踝，也就心滿意足了。離開翡翠灣後，車子又進入山區，一路左彎右轉，好不容易到了一處滿是漁船的海港，鹹澀的魚腥味告訴我，野柳到了。因為，野柳對我來說並不陌生，以前曾造訪過，原本是純樸無華的漁村，然以怪石和海岸地形聞名，成為北台灣著名的觀光景點。

買票進入「海洋世界」，表演節目正好開始，主持人出來了，是一位穿著白色運動裝的小姐，旁邊有人打開水柵門，稍一眨眼的工夫，六條海豚已進場了，一字排開站立在三名訓練師前面，主持人將海豚的名字介紹給觀眾，聰明善解人意的海豚，馬上一一向後轉，向觀眾行禮致敬，全場掌聲雷動。

表演正式開始，節目有海豚集體表演、有個別表演、有競賽表演，從跳躍、定球、比賽找圈套、合唱、獨唱、跳火圈、親吻觀眾……等，每一隻海豚，憑著牠們冷靜的頭腦，矯健的身手，只要主持人一聲令下，一眨眼的工夫，即以優美的姿勢換取觀眾熱烈的掌聲，加諸主持人韻正腔圓，全場高潮迭起，不時報以歡聲和掌聲，主持人特別向觀眾推介：

「這些海豚，全是澎湖西嶼捕捉的國產海豚，有些還不滿一歲，只稍加以訓練幾個月而已。」

的確，不滿一歲的國產海豚，不但如此聽話，也擁有那能麼好的表演天份，怎不令萬物之靈的人類自嘆弗如呢？

從海洋世界裏出來，我們直接進入「野柳遊覽區」，岸邊浪花與千奇百怪的岩石，令人目不暇給，燭狀石是上細而下粗，是一種碳酸鈣沉積，幾經海浪沖洗，整齊地羅列著，成為特殊景觀。

除此之外，遊覽區內觸目皆是風化的蜂巢石，蔚為奇觀，其中一個狀似「女王頭」，無論近看遠眺，都和英國維多利亞女王頭很相像，吸引每一個到訪遊客，都要與它拍照留念。

由於天色已晚，海面「秋水共長天一色，落霞與孤鷺齊飛」，我們不得不趕回台北了。

——原載一九八一年九月廿八日／浯江副刊

西門町霓虹耀眼動人

在後車站批發市場逛了一下午，到中華路北平清真館吃了牛肉蒸餃，從餐館裡出來時，西門町圓環的大鐘時針，已指著七點的位置，滿街的廣告霓虹，閃爍得叫人眼花撩亂。挽著妻走在中華路的人叢裏，中華商場似乎跟過去一樣，並沒有什麼重大改變，火車依舊匡啷匡啷地從旁邊的鐵道呼嘯而過，往來穿梭的各式汽車讓空氣更污濁。步入西門町，整條電影街巨幅的廣告招牌下，人潮就像海水般的洶湧澎湃，紅男綠女，各種奇裝異服，令人目不暇給。

「先生，買張獎券吧！第一千期的，下月五號開獎，您就是千萬富翁了。」

台灣省政府委託「台灣銀行」發行的愛國獎券，毀譽參半、爭論不休，迄無定論，持反對意見者，認為發行愛國獎券，是一種公然賭博的投機行為，應該立即停止；而支持贊成者，則認為可充裕國庫財源，增加就業機會，多養活十萬人口。何況，「一券在手，希望無窮！」畢竟，聰明的人創造機會，平庸的人把握機會，愚笨的人錯失機會，買獎券既愛國、又可發財，何樂而不為？

當然啦！金門也有人賣愛國獎券，也有人一夕成富翁：但長期生活在砲火下，個人總覺得一家人能夠平安活命，就心滿意足，委實不敢存有發財夢，然面對一個賣獎券的殘障同胞，既可愛國，又可發財，何不購買一張呢？

中華商場和西門町，算是台北的首善之區，貨品應有盡有，可是，有人曾告訴我，買東西最好不要在這裏買，因為，那些商人個個能言善道，嘴巴厲害得很，可以把烏鴉說下樹，也可以把豆腐說得流出血來，如果不識貨或不懂得殺價，往往買貴了，將會吃暗虧。

走在電影街的騎樓下，忽然，有人拉住我的手，本以為碰上搶劫的惡煞，潛意識趕快用力甩開，待回頭才發現是一個半仙：

「我幫你算個命。」

「不用了。」

「看個相可以逢凶化吉。」

「你剛才就算錯了，我是從來不算命的人。」

的確，星宿之說，在我來看是無稽之談，因為，痴長了二十幾年，我不曾算過命，相信命運是掌握在自己的手中，禍福靠自己運用智慧和雙手去開創，不是嗎？

看看腕錶，時間也快夜間十點了，這個當兒若換是在戰地金門，家庭日光燈要加裝黑布簾遮光罩，摩托車燈上半部要塗黑油漆，燈光不可外洩，否則，要遭受處罰，因為，金門距離大陸近在咫尺，燈光外洩就等於暴露目標，將成為對岸共軍砲彈攻擊的活靶。而且，戰地金門夜間十點仍實施宵禁，而此時此刻的復興基地台灣，整夜燈火通明，滿街霓虹閃爍，令人慨嘆「和平」真好，金門何時才能脫離戰爭的陰霾？

越過天橋，百貨公司前的換季大拍賣，衣物鞋類售價比起金門便宜很多很多，可是，我們必須趕回士林了，沒有多餘的時間精挑細選。於是，跳上二一八路班車，經過忠孝東路、中山北路，觸目大廈連雲、櫛比鱗次，台灣寶島一片欣欣向榮，這是許多人努力換來的成果，值得珍惜。

——原載一九八一年九月廿八日／浯江副刊

聽歌吃牛排

朋友堅持要請我吃午飯，盛情難卻，也只好跟他一起上計程車了。離開南京東路後，車子便在大街、小巷上鑽來鑽去，不曉得朋友到底要請我吃什麼，幹嘛要跑那麼遠的路，停車之後，原來是到了林森北路一家叫「富麗華」的西餐廳。

踏著鋪地毯的樓梯上二樓，幽暗的燈光下，一片黑壓壓的晃動人頭，中國人真的是一個吃的民族，不管是路邊的麵攤、館子或豪華的餐廳，只要是做吃的生意，莫不門庭若市，怪不得有人說，台灣一年就要吃掉一條南北高速公路，像眼前的這家西餐廳，布置得這麼富麗堂皇，還有歌星在駐唱，消費一定不低，但生意還是那樣好，這不完全是奢侈浪費的壞現象，依個人的觀點，這是民生主義在台灣實行成功的最好證明，大家有飯吃，而且吃得好，吃得有情調。

我們上樓之後，女服務生帶我們找位子，甫坐定，另外的服務生在每個人前面擺上大大小小的刀叉。小時候，我用筷子吃地瓜，長大後也用筷子吃大米飯，面對這麼一堆刀叉，開始有點緊張，真怕不會使用將鬧笑話。

這個時候，舞台上的歌唱節目開始了，小型的樂隊鐘鼓齊鳴，主持人穿著一身金光閃閃的晚禮服出來了，先是一陣歡迎的開場白，然後，唱一首優雅的「幸福永遠在身邊」，再唱鄧麗君的「何日君再來」，最後唱月亮歌后李佩菁的「我愛月亮」，一口氣唱了三首歌，每唱完一首歌，觀眾均報以熱烈地掌聲。

演唱者鞠躬下台之後，樂隊也跟著歇息，僅剩鋼琴在彈奏著輕鬆、緩慢的曲子，伴著銀幕上跳躍的廣告投影，不一會兒，樓下匆匆上來一個提手提箱的小姐，進入後台化妝室，很顯然地是趕來獻唱的女歌手，很快地便換出一套淺綠色的禮服，氣尚未喘直，便啟動朱唇，唱了一首國語歌曲，歌名叫什麼，我沒聽清楚，好像是條新歌，接著用台語唱了一首悲悽的「為了十萬元」，唱得聲淚俱下，好不感人，觀眾鼓掌之後，她接著用日語唱了一首「蘋果花之歌」，在金門生長了二十幾年，我從來沒有聽過日本歌，乍聽之下，有點像「鴨子雷聲」的感覺。尤其，最近新聞界廣泛地報導日本文部省竄改侵華史實，引發海外華人同聲討伐，昨天在台北市區還看到計程車貼著拒載日本人的紅色標語，而這位女歌手難道她不看報紙，不知道海內外華人正提出嚴正的抗議嗎？

她邊唱著，觀眾顯得冷漠以對，似乎是一種無言的抗議。終於唱完了，再也沒有人給她掌聲，趕緊躲進後台，這時，主持人又出來了，立即有一位中年婦人走上台：

「請為我們唱一首『中華民國頌』。」

「好的，謝謝您！」

只見主持人手一揮，旁邊的樂隊響起前奏曲，當她唱到「中華民國，中華民國，千秋萬世，直到永遠。」觀眾馬上報以熱烈地掌聲，久久不絕於耳。

節目還未演完，我們已下樓，這一頓午飯，令我難忘的，不是朋友盛情請我的牛排滋味，而是同胞愛國的熱誠，令我感動不已。

——原載一九八一年九月廿九日／浯江副刊

難忘異鄉中秋夜

夕陽西下，大地是一片金黃，壯麗的圓山大飯店和整個台北市的景色盡收眼底，但一轉眼的工夫，銀盤般的月亮從東方升起，天色漸暗，抬頭仰望，一顆顆閃閃發光的星星滿布天際，眾星拱月，美不勝收。

士林到圓山天文台，就只有幾百公尺的距離，用散步的方式走去，只消十分鐘的路程，今晚是中秋節，天文台開放供民眾觀賞夜空，難得飄洋過海而來，也難得就住在這麼近，當然也想藉天文望遠鏡，窺看天庭的奧秘和宇宙的浩瀚。

雖然，阿姆斯壯等太空人都先後登上月球，但古老的傳說，仍留在兒時的記憶裏，不知吳剛是否還在砍樹？小白兔是否還在搗藥？而嫦娥呢？唐明皇還是想遊月宮的。無奈我們來晚了，大排的長龍，待輪到我們觀看時，或許月亮要下山了，還是回去吧，堂哥一家人正等著我們回去賞月呢！

月下的基隆河顯得那樣的靜謐，像沉睡中的少女那般的撫媚動人，再春游泳池畔和對岸的動物園裏，月光下似乎也儷影雙雙，調皮的小孩，偶而點燃一株沖天炮，火花劃破了夜空的沉靜。

往常的士林夜市，人車真是擠得水洩不通，以陽明戲院為中心，左右幾條街巷，從日落到深夜，從各地趕來的攤販和年輕人，是那麼地使人陶醉，可是，今天是中秋，泰半的商店關門歇業，攤販寥落可數，此情此景，使我想起五年前在永和當學徒過中秋的情景。

民國六十五年五月，我們一行十人，都是剛踏出學校的毛頭小子，飄洋過海來到台北市，再被分發到全省各地實習不同的專門印刷技術，中秋節傍晚，我們走過好幾條街，竟找不到晚飯吃，幾乎所有的麵攤，都關門回家過節了，我們買了些麵和罐頭，使用房東的瓦斯和鍋子，渡過一個難忘的中秋夜。

——原載一九八一年九月三十日／浯江副刊

飛回金門

明天，就要搭空軍一一九軍機飛回金門了。

上午，妻陪我到舊書攤買書；下午，我陪妻逛服飾街，既入寶山，焉能空手而回？因此，該用郵寄的，打包好在博愛路郵局交寄，然後，趕回士林打點行囊，提早入睡，因為，明天一早，我們便要飛越千山萬水，回到家鄉守著陽光、守著島。

可是，躺在床上，愈是想提早入睡，卻愈是睡不著，腦海裏，台灣寶島十多天遊歷的風景名勝，以及親朋好友那一張張誠摯的臉，又一一地浮現在眼前，揮之不去。

——原載一九八一年九月三十日／浯江副刊

初版後記

一顆種子掉落泥土，在適當的溫度和氣溫下，它會生根、萌芽和茁壯，以至開花結果。然後，成熟的果子掉落泥土，種子又開始生根萌芽，周而復始，繁衍生命，綿延不絕。

我的名字就叫做「種」，植物的籽，或是在泥土裡植穀物的那個「種」字。中國字就是那麼地奧妙難懂，同一個字，有時唸法不同，意義也迴異，說實在話，我名字的這個「種」字，到底該唸三聲當名詞用，或唸四聲當動詞用，常常連自己也給搞迷糊了。

小時候，我很不喜歡「種」這個名字，幾百年來，我們家一直過著落後的農耕生活，既窮且苦，為什麼不像許多人取名大富大貴、金銀財寶，或是聖賢豪傑？偏偏取這個不夠凸顯的「種」字，不管當名詞或動詞用，都離不開田地，也離不開作物，看樣子，我這輩子是注定務農的命了，要跟父親一樣，一輩子耕田犁地，和挑那又髒又臭的水肥，因而不止一次的暗自泫泣。

有一天，我問祖父：

「爺爺！為什麼您把我取名為『種』呢？是不是希望我繼承你們的衣缽，同樣守著那幾塊地，守著那一張犁？」

「噢！這個嘛，乖孫子，你不懂呀！你看看，不管我們種花生或小麥，到了收成的時候，一定要把長得最高最壯、顆粒最大的果實留下來當作種子，明年再拿出來播種，幾百年來，種子對耕稼人來說實在太重要了，假如沒有種子，或是不好的種子，種不出東西來，人們將吃什麼？所以，種子是至高無上的，耕稼人寧可餓肚子，也絕不會吃種子。當初，爺爺幫你取這個名字的時候，就是祈望你是一顆最好的種子，茁壯之後是個有用的人。」

種子，是生命的延續。而我是一顆種子，一顆擎舉薪火傳承的種子。

漸漸地，我對自己的名字逐漸地喜歡，愈來愈覺得是一個很好的名字，我用它來投稿，把它在砲火下成長的童年往事，告訴認識與不認識的朋友。

《拾血蚶的少年》一書能付印，要感謝錦冠出版社洪俊賢先生給我這個機會，也要感謝〈中央副刊〉、〈民眾副刊〉、〈自由副刊〉、〈文藝月刊〉、〈正氣副刊〉……，一直提供我發表的園地，更要感謝文義兄在百忙中代寫序文。

這是我的第一本書，也希望它是一顆種子。

一九八八年八月　寫於出版前

再版後記

《拾血蚶的少年》一書，是記述個人童年及四個弟弟在炮火下，靠在海邊撿拾血蚶賣錢賺學費的過程，先後發表於報刊、雜誌。當初，原本寄望是自己的第一本書，也是一顆種子，未來能萌芽、茁壯。

然而，隨後因職務調整，十餘年間先後擔任新聞編輯、編輯主任與總編輯，更因報紙天天出刊，無分年節或假日，參與撰寫「浯江夜話」專欄及社論，得時時關注社會脈動，針對時事新聞作評論報導，以致讓「文藝」的種子，一直蟄伏在泥地裡，未能萌芽成長。

本書出版二十年之後，市面上已不見流傳，最近適逢職務調整，離開新聞工作，生活不再日夜顛倒，清晨能早起爬太武山、傍晚悠閒地在太湖畔慢跑，夜間能重拾禿筆，寫屬於自己的東西，於是，不久前，承蒙「秀威資訊科技」協助出版《人間有情》、《天公疼戇人》、《心寬路更廣》和《心中一把尺》四書之後，又將本書原文略加修改，並增添部份篇幅重新出版，並與《走過烽火歲月》同列「根本真情系列」一起發行，冀望讓更多的人能感受戰地烽火歲月，認識浯島的風土民情。

當然，本書能再付印，首先要感謝「秀威資訊科技」宋政坤先生與出版部經理林世玲小姐給予機會與協助，同時，摯友陳欽進先生義務文稿校對、名書法家張水團先生為書名題字，隆情厚誼，謹此敬表謝忱。

二〇〇八年八月　謹記

國家圖書館出版品預行編目

拾血蚶的少年 / 林怡種著. -- 一版. -- 臺北市
：秀威資訊科技，2008.10
面； 公分. . -- （語言文學類 ； PG0199）

BOD版

ISBN 978-986-221-063-5（平裝）

855　　　　97015669

語言文學類　PG0199

拾血蚶的少年

作　　者 / 林怡種
發 行 人 / 宋政坤
執行編輯 / 黃姣潔
文稿校對 / 陳欽進
圖文排版 / 郭雅雯
封面設計 / 莊芯媚
數位轉譯 / 徐真玉　沈裕閔
圖書銷售 / 林怡君
法律顧問 / 毛國樑　律師
出版印製 / 秀威資訊科技股份有限公司
台北市內湖區瑞光路583巷25號1樓
電話：02-2657-9211　傳真：02-2657-9106
E-mail：service@showwe.com.tw
經 銷 商 / 紅螞蟻圖書有限公司
台北市內湖區舊宗路二段121巷28、32號4樓
電話：02-2795-3656　傳真：02-2795-4100
http://www.e-redant.com

2008 年 10 月　BOD 一版
2009 年 11 月　BOD 二版
定價：280 元

讀　者　回　函　卡

感謝您購買本書，為提升服務品質，煩請填寫以下問卷，收到您的寶貴意見後，我們會仔細收藏記錄並回贈紀念品，謝謝！

1.您購買的書名：________________________

2.您從何得知本書的消息？

□網路書店　□部落格　□資料庫搜尋　□書訊　□電子報　□書店

□平面媒體　□ 朋友推薦　□網站推薦　□其他__________

3.您對本書的評價：(請填代號　1.非常滿意 2.滿意 3.尚可 4.再改進)

封面設計____　版面編排____　內容____　文/譯筆____　價格____

4.讀完書後您覺得：

□很有收獲　□有收獲　□收獲不多　□沒收獲

5.您會推薦本書給朋友嗎？

□會　□不會，為什麼？________________________________

6.其他寶貴的意見：________________________________

____

____

____

讀者基本資料

姓名：__________________　年齡：_____　性別：□女　□男

聯絡電話：_______________　E-mail：__________________

地址：____

學歷：□高中(含)以下　□高中　□專科學校　□大學

□研究所(含)以上　□其他______________

職業：□製造業　□金融業　□資訊業　□軍警　□傳播業　□自由業

□服務業　□公務員　□教職　□學生　□其他__________

請	貼
郵	票

To：114

台北市內湖區瑞光路 583 巷 25 號 1 樓

秀威資訊科技股份有限公司　　　收

寄件人姓名：

寄件人地址：□□□

(請沿線對摺寄回,謝謝!)

秀威與 BOD

BOD（Books On Demand）是數位出版的大趨勢，秀威資訊率先運用 POD 數位印刷設備來生產書籍，並提供作者全程數位出版服務，致使書籍產銷零庫存，知識傳承不絕版，目前已開闢以下書系：

一、BOD 學術著作—專業論述的閱讀延伸
二、BOD 個人著作—分享生命的心路歷程
三、BOD 旅遊著作—個人深度旅遊文學創作
四、BOD 大陸學者—大陸專業學者學術出版
五、POD 獨家經銷—數位產製的代發行書籍

BOD 秀威網路書店：www.showwe.com.tw
政府出版品網路書店：www.*gov*books.com.tw

永不絕版的故事・自己寫・永不休止的音符・自己唱